SANTIAGO H. AMIGORENA

KEIN ORT IST FERN GENUG

aufbau

SANTIAGO H. AMIGORENA

KEIN ORT IST FERN GENUG

ROMAN

Aus dem Französischen
von Nicola Denis

aufbau

Die Originalausgabe ist unter dem Titel
Le Ghetto intérieur
2019 bei P.O.L Éditeur in Paris erschienen.

MIX
Papier aus verantwortungsvollen Quellen
FSC
www.fsc.org
FSC® C083411

ISBN 978-3-351-03831-1

Aufbau ist eine Marke der Aufbau Verlag GmbH & Co. KG

1. Auflage 2020

Einbandgestaltung zero-media.net, München
Satz LVD GmbH, Berlin
Druck und Binden CPI books GmbH, Leck, Germany
Printed in Germany

www.aufbau-verlag.de

Vor fünfundzwanzig Jahren habe ich begonnen zu schreiben, um das Schweigen zu bekämpfen, an dem ich seit meiner Geburt fast ersticke. Die Seiten, die Sie hier in Händen halten, liegen diesem mehrteiligen literarischen Projekt zugrunde.

Nein, angemessen auf das Maßlose zu reagieren, das war unmöglich. Und wer das von den Opfern verlangt, der müsste auch von dem an den Strand geworfenen Fisch verlangen, dass er sich prompt Beine wachsen lasse, um in sein feuchtes Element zurückzuspazieren.

Günther Anders, *Wir Eichmannsöhne*

Für Mopi, der vor mir geschrieben hat.

Für Marion, die mit mir schreibt.

Am 13. September 1940 war der Nachmittag in Buenos Aires verregnet und der Krieg in Europa so fern, dass man sich noch in Friedenszeiten wähnen konnte. Die Avenida de Mayo, die von Jugendstilbauten gesäumte große Prachtstraße zwischen Präsidentenpalast und Nationalkongress, war fast menschenleer. Nur ein paar Herren, die mit einer Zeitung über dem Kopf als Tropfenschutz ihre Büros in der Innenstadt verließen, hasteten durch den Regen, um einen Bus oder ein Taxi nach Hause zu ergattern. Zwischen diesen flüchtigen Passanten ging Vicente Rosenberg, von seinem Hut geschützt, gemessenen, aber eiligen Schrittes auf die Tür des Tortoni zu, ein beliebtes Kaffeehaus, in dem man zu dieser Zeit sowohl Jorge Luis Borges und diverse Tangostars als auch europäische Flüchtlinge wie Ortega y Gasset, Roger Caillois oder Arthur Rubinstein treffen konnte. Vicente war ein junger Jude. Oder ein junger Pole. Oder ein junger Argentinier. Eigentlich wusste Vicente Rosenberg am 13. September 1940 noch nicht genau, was er war. Beim Betreten des Cafés erkannte er an einem der kleinen Bistrotische, die gegenüber der Theke an der Wand aufgereiht waren, sofort die massige Erscheinung von Ariel Edelsohn, seinem besten Freund. Die Ellbogen auf das Marmortischchen gestützt und einen Kaffee vor sich, wartete er unweit der Billardtische im Hinterzimmer auf Vicente und las Zeitung. Neben ihm, mit Blick in den Raum, um die Bahnen der Karambolagekugeln verfolgen zu können, saß, nervös wie immer, Sammy Grunfeld, ein junger Mann, der sich oft mit ihnen herumtrieb. Nachdem er den beiden die Hand gedrückt hatte, schüttelte Vicente die Tropfen, die in die dicke Wolle einzusickern drohten, aus seinem Überzieher und setzte sich mit schräg gelegtem Kopf zu seinen Freunden, um die Schlagzeilen in der Zeitung zu entziffern: In Europa tobte die Luftschlacht um England, und die Nazis begannen, die Juden in Ghettos zu sperren. Ariel, von seinen argentinischen Freunden »der Bär« genannt, faltete mit einem tiefen Seufzer die Zeitung zusammen.

»Die Juden nerven mich. Sie haben mich schon immer genervt. Und als ich begriffen habe, dass meine Mutter genauso jüdisch und anstrengend werden würde wie seine, hab ich beschlossen zu gehen.«

»Verglichen mit meiner, ist deine Mutter gar nicht

so anstrengend«, erwiderte Sammy, nach wie vor ein Auge auf dem Billardtisch.

Ariel schaute ein bisschen verlegen zu Vicente, aber da dieser mit den Gedanken woanders schien, unterhielt er sich weiter mit Sammy, der ihnen halb den Rücken zukehrte:

»Das Schlimmste ist, dass sie mit zwanzig nur von einem geträumt hatte: das Schtetl zu verlassen und in der Stadt zu leben. Sie fand meine Großmutter anstrengend, aus denselben Gründen, aus denen ich sie heute anstrengend finde …«

»Trotzdem, anstrengend oder nicht, du hast sie dazu gebracht, den Atlantik zu überqueren. Und sie zu dir geholt!«

»Ja … sogar das Schlimmste kann uns manchmal fehlen.«

Belustigt über Ariels feierlichen Tonfall gab Sammy ein kurzes geräuschvolles Lachen von sich, das wie ein Fingerschnipsen klang. Vicente seinerseits schwieg etwas mürrisch. Schon seit Monaten hatte er nicht die geringste Lust, sich über die Ereignisse in Europa zu unterhalten.

»Was ist los, Wincenty? Bist du wegen des Wetters so schlecht gelaunt?«

Mit einem Lächeln auf den Lippen drehte sich Vicente zu Ariel: Von allen Menschen, mit denen er in

Buenos Aires verkehrte, nannte ihn nur Ariel, den er in Warschau kennengelernt hatte, als sie sich mit achtzehn der Armee angeschlossen hatten, immer noch Wincenty.

»Meine Mutter auch – sie ist mit uns aus Chełm weggegangen, als ich klein war, weil sie ihre Eltern nicht mehr ertragen konnte.«

Vicente hatte diese Worte eher unwillig hervorgebracht, und Sammy, dem Vicente und Ariel 1928 auf der Überfahrt von Bordeaux nach Buenos Aires begegnet waren und der sich in dieser undurchschaubaren Stadt damals an sie geklammert hatte wie an einen Rettungsring, versuchte, ein Fazit aus ihrem Wortgeplänkel zu ziehen:

»Das machen wir doch schon seit Urzeiten, oder? Erst lieben wir unsere Eltern, dann finden wir sie anstrengend, und schließlich ziehen wir weg. Vielleicht liegt das ja im Wesen der Juden!«

»Ja … oder der Menschen.«

Nach einer Pause, die viel länger war als angemessen für diese wie tote Vögel auf den Tisch geworfenen Lebensweisheiten, wandte Ariel sich erneut Vicente zu.

»Hast du Neuigkeiten?«

»Nein, der letzte Brief ist schon drei Monate alt. Ich weiß nicht mal, ob sie die zehn Dollar bekommen hat, die ich ihr im Juni geschickt habe.«

»Ich habe mit Jakob gesprochen, er hat ein Telegramm von seinem Cousin bekommen, der noch in die Vereinigten Staaten reisen konnte: Offenbar kriegt man in Warschau nicht mal mehr Briefmarken …«

Um seine Freunde nicht zu beunruhigen, deutete Vicente ein leises Lächeln an und erhob sich, um auf die Toilette zu gehen. Nicht weil er das Bedürfnis hatte, sondern weil es ihm seit einer Weile schwerfiel, sich an diesen endlosen Diskussionen zu beteiligen, die von ihrer Vergangenheit oder ihren Familien ausgingen und seine Freunde regelmäßig auf das abschüssige politische Terrain der Entwicklungen in Europa führten.

Während Sammy und Ariel weiter über den Krieg sprachen, wusch Vicente sich in den geräumigen Toiletten des Tortoni langsam die Hände, bevor er die Augen hob und einen kurzen Blick in den Spiegel warf. Er hatte feine, fast durchsichtige Gesichtszüge. Seine Lippen, seine Augenbrauen, seine zierliche Nase und sein schmaler Schnurrbart (den er sich ungeachtet seiner finanziellen Lage zweimal wöchentlich beim besten Barbier in Buenos Aires stutzen ließ) schienen von einem chinesischen Kalligraphen mit einem so dünnen Pinsel gezeichnet worden zu sein, dass sie fast schattenhaft wirkten. Wenn man an sein Gesicht dachte, fielen einem nicht seine breite Stirn oder die hohen Wangenknochen, auch nicht das Grün seiner Augen oder die rötliche Tönung seiner Haare ein: Es war eher ein unbestimmtes Gefühl, wie ein leichter Nebel, in dem ein scharfer Humor mit einer zärtlichen Melancholie wechselte.

Vicente trocknete sich die Hände und tauschte die frostige Welt der Toiletten aus Marmor und weißen Fliesen wieder gegen die ockerfarbene, gedämpfte Welt des großen Kaffeehaussaals. Er setzte sich zu seinen Freunden, und in seinem Blick lag Zuneigung, aber auch ein bisschen Eifersucht: Anders als Vicente, dessen Mutter und Bruder noch in Polen lebten, war Sammy mit seiner ganzen Familie von dem Alten Kontinent geflohen, und Ariel hatte drei Jahre zuvor, 1937, seine Eltern und seine Schwester überreden können, ihm nach Buenos Aires zu folgen.

»... trotz ihrer berühmten Maginot-Linie haben die Franzosen einen neuen Weltrekord in der schnellsten Niederlage aufgestellt.«

»Aber immerhin nach uns!«

»Bei euch ist das was anderes: Es weiß doch jeder, dass die Polen nie wirklich kämpfen wollten.«

»Stimmt, ihr Russen macht ja nichts lieber als das ... vor allem untereinander!«

Sammy seufzte verärgert. Aber Ariel legte ihm wie ein großer Bruder eine Hand auf die Schulter, und der Streit war damit beendet.

»Jedenfalls hätte sich unsere Regierung besser woanders niedergelassen als in London. Angeblich hagelt es dort am laufenden Band Bomben … Was sagst denn du dazu, Wincenty?«

Da Vicente nicht sofort antwortete, kam Sammy ihm zu Hilfe:

»London … Paris … Warschau … Haben wir nicht trotz allem Glück, dass wir hier sind?«

Um seinen Kummer zu überspielen, warf Vicente einen Blick nach draußen, als wollte er prüfen, ob es noch regnete. Ariel nutzte die Sekunde und gab Sammy stumm zu verstehen, dass Vicentes Mutter noch in Polen war, und Sammy biss sich auf die Lippe, um zu signalisieren, dass er seinen Ausrutscher bemerkt hatte. Rings um den kleinen Tisch entstand eine verlegene Pause. Rasch versuchte Ariel, seinem Jugendfreund beizuspringen und dem Gespräch eine andere Wendung zu geben, indem er sich nach dem Möbelgeschäft erkundigte, das Vicente gerade eröffnet hatte. Um wiederum Ariel zu beruhigen, versuchte Vicente, auf seine Frage einzugehen. Und Sammy bemühte sich, die drückende Stimmung endgültig zu entspannen, indem er einen Witz über das Faible der Argentinier für rustikale Möbel riss. Doch trotz der vereinten Anstrengungen überkam sie eine beklemmende, eisige Stille, die schon, lang bevor sie zu reden aufhörten, zwischen ihre Blicke und bemühten Mienen kroch.

Die drei Freunde tranken ihren Kaffee aus, gönnten sich einen Gin und noch einen zweiten, nahmen ihre Mäntel vom Haken, schlüpften hinein und verließen das Tortoni. Sie standen noch ein Weilchen auf dem Gehweg herum und wechselten unter dem schützenden Vordach ein paar belanglose Worte. Vicente zündete sich eine Commander an, während Sammy ungeduldig wartete und Ariel, »der Bär«, sich mit einem zufriedenen Grunzen streckte: Es waren finstere Tage, aber die Woche war vorbei, und er war wahrlich guter Laune.

»Also … kommst du jetzt mit? Immerhin ist heute Freitag, der 13.!«

Ariel, der seinen Jugendfreund mit seiner kribbelnden Vorfreude auf das Wochenendes anstecken wollte, schlug Vicente vor, sie auf die Pferderennbahn nach Palermo zu begleiten. Doch Vicente ging nicht auf das Angebot ein. Er wettete zwar gern, aber er war auch müde und wollte nach Hause. Ariel insistierte nicht weiter: Von den drei Freunden hatte Vicente als einziger Kinder, und sie mussten ihn manchmal einfach in Ruhe nach Hause gehen lassen.

Ariel umarmte Vicente, Sammy gab ihm die Hand, und sie ließen ihn seine Zigarette unter dem Vordach allein zu Ende rauchen. Als er seinen Zigarettenstummel weggeworfen hatte, schaute Vicente zum Himmel. Da der Regen offenbar aufhören wollte, machte er sich zu Fuß auf den Weg in die Calle Paraná, in der er mit Rosita und den Kindern seit ein paar Monaten wohnte. Eine Dreizimmerwohnung im vierten Stock eines Altbaus, etwa hundert Meter von dem gerade eröffneten Möbelgeschäft entfernt. Es war erst kurz vor halb neun, und Vicente empfand beim Durchqueren des Hausflurs eine gelassene Freude, so als spürte er mit frischer Kraft, dass diese bescheidene kleine Wohnung, die sie bezogen hatten, um in der Nähe des Geschäfts zu wohnen, nun für immer seine Bleibe war. »Hast Du schon ein eigenes Zuhause? Isst Du bei Dir? Und wie hältst Du es mit dem Putzen? Erzähl mir bitte alles, mein Liebling. Ich sterbe, wenn ich keine Neuigkeiten von Dir habe …« Während er die Treppe hinaufging, fielen ihm plötzlich wieder diese Worte aus einem früheren Brief seiner Mutter ein, als sie ihm noch postlagernd nach Buenos Aires geschrieben hatte. »Ja, jetzt kann ich endlich sagen, dass ich ein Zuhause habe«, erwiderte er ihr in Gedanken und dachte an die unzähligen Vorwürfe, die sie ihm jahrelang gemacht hatte, weil er sich nicht oft genug gemeldet hatte. »Ich bitte Dich inständig, Wincenty, mein Liebling, schreib, schreib mir, antworte mir schnell.« – »Schon wieder habe ich keine Neuigkeiten von Dir. Das bekümmert mich unendlich.« – »Ich flehe Dich an, schick mir ein paar Worte. Fällt es Dir denn so schwer, Deiner Mutter zu schreiben?« – »Ich sehne mich nach ein paar Zeilen. Es verlangt mich so, Dich wiederzusehen. Solange ich lebe, werde ich von nichts anderem träumen.« – »Ich flehe Dich an, Wincenty, schreib mir. Welche Qual für eine Mutter, ohne Neuigkeiten von ihrem Kind zu sein!«

Als er aus Warschau weggegangen war, hatte er seiner Mutter schwören müssen, ihr einmal pro Woche zu schreiben. Doch während sie ihm bis 1938 mehrere Briefe pro Monat schickte, hatte Vicente sein Versprechen nur im ersten Jahr nach seiner Ankunft in Buenos Aires gehalten. 1929, 1930, 1931. Die Jahre vergingen, und Vicente verfluchte mit jedem weiteren Brief die mütterlichen Vorhaltungen. 1932, 1933, 1934. Allmählich amüsierten ihn ihre Vorwürfe, und er machte sich mit Ariel hin und wieder darüber lustig. 1935, 1936, 1937. Inzwischen quittierte er sie mit Gleichgültigkeit. Und nun machte er sich seinerseits schon seit drei Jahren Sorgen, weil nur noch spärliche Nachrichten von seiner Mutter kamen …

Kaum war er durch die Wohnungstür, sprangen ihm Martha und Ercilia, Vicentes vier- und sechsjährige Töchter, in die Arme, als wollten sie das wohlige Gefühl unterstreichen, das ihr Vater beim Betreten des Hauses empfunden hatte.

»Guten Abend, mein Kapitän!«

»Mama, Mama! Der Kapitän ist da!«

Rosita saß in einem brandneuen Schaukelstuhlmodell, das ihr Vater entworfen hatte, und las Juan José, ihrem Sohn, der noch ein großes Baby war, eine Geschichte vor. Nachdem sie lächelnd zu ihrem Mann aufgeschaut hatte, wandte sie sich gelassen wieder dem Buch von Horacio Quiroga zu. Vicente schlang von hinten die Arme um sie und küsste sie auf den Hals. Rosita legte ihre Hand auf seine, drückte sie fest an ihre Schulter – und ihren Sohn dabei fest ans Herz.

»Arbeitet … arbeitet, und denkt daran, dass das Ziel unserer Anstrengungen – alle glücklich zu machen – weit über der Erschöpfung des Einzelnen steht. Das nennen die Menschen ›Ideal‹, und sie haben Recht damit. Im Leben eines Menschen oder einer Biene gibt es keine andere Philosophie.«

Rosita las Quirogas kleines Kindermärchen zu Ende und stand auf. Sie setzte ihren Sohn auf den Teppich, wies ihre ältere Tochter an, ihre Schreibübungen zu beenden, und die jüngere, ein bisschen mit dem kleinen Bruder zu spielen, und ging in die Küche, um das Essen vorzubereiten. Im Gegensatz zu ihrem Ehemann hatte Rosita gröbere und schlaffere, dafür aber überaus gutmütige Gesichtszüge. Aus ihrem Blick und ihrem Lächeln sprach eine ländliche Sanftheit, feucht und schlammig wie ein fruchtbarer Boden. Eher rundlich, verkörperte sie die heutzutage in Verruf geratene Schönheit, die von der Renaissance bis zum 19. Jahrhundert so geschätzt worden war: die Schönheit etwas kräftigerer Frauen, mit hängenden Schultern, kleinen Brüsten und milchiger Haut. Wie Vicente am Tag nach ihrer ersten Begegnung mit lyrischem Überschwang zu Ariel gesagt hatte, »war ihr Blick so zärtlich, dass ihre Sommersprossen immer wie Freudentränen auf ihren Wangen zu schweben schienen«.

Rosita und Vicente waren sehr unterschiedlich, hatten aber eines gemeinsam: eine unbestimmte stille Zartheit, die von der Tatsache zeugte, dass sie als Kinder innig geliebt worden waren. Diese Ähnlichkeit schweißte sie zu einem verliebten und zugleich geschwisterlichen Paar zusammen. Als Rositas älterer Bruder Léon, dessen Bekanntschaft Vicente in einer zwielichtigen Milonga im zwielichtigen Viertel Pompeya gemacht hatte, ihm in der eleganten Teestube Confitería Ideal seine Schwester vorgestellt hatte, empfand Vicente schon bald eine so schlichte, starke und reine Liebe für sie, dass er sicher war, zumal ihr Vater ihm wenige Monate später ihre Hand bewilligte, an ihrer Seite stets ein einfaches, glückliches Leben zu führen.

Anfangs jedoch hatte Pini Szapire, Rositas Vater, den unlängst in Buenos Aires eingetroffenen polnischen Heiratsanwärter kritisch beäugt. »Er ist zu gut gekleidet, um anständig zu sein«, hatte er an jenem brütend heißen Sonntagabend gesagt, an dem Vicente zum ersten Mal im Haus der Familie gewesen war, direkt neben der Fabrik für Holzmöbel, die Pini Szapire kurz nach seiner Ankunft in Argentinien dreißig Jahre zuvor gegründet hatte. Doch der Heiratswunsch seiner Lieblingstochter Rosita hatte über seine Vorbehalte gesiegt. Im Übrigen hatte Vicente die leichte Geringschätzung, mit der ihn sein künftiger Schwiegervater anfangs behandelt hatte, kaum bemerkt. Als blutjunger Offizier der polnischen Armee hatte er sein an der Universität in Warschau begonnenes Jurastudium nie abgeschlossen, war aber trotz seiner Mittellosigkeit in Buenos Aires bereits mit einem Gefühl der Überlegenheit angekommen, das ihn ganz ungezwungen als Dandy auftreten ließ. Vicentes Großeltern waren aus dem Schtetl nach Chełm gezogen, und seine Eltern aus Chełm (wo sein Vater als Edelholzhändler reich geworden war) nach Warschau, als er zwölf Jahre alt gewesen war. Die Geburt in eine wohlhabende Familie und die Tatsache, in der Hauptstadt aufgewachsen zu sein, hatte ihm den Minderwertigkeitskomplex, den er an den meisten Kindern des auserwählten Volkes verachtete, genommen und den Mut verliehen, mit achtzehn Jahren, kurz nach dem Tod seines Vaters, in die Armee einzutreten, wo er Ariel kennengelernt hatte und rasch vom einfachen Soldaten zum blutjungen Offizier aufgestiegen war.

Nach dem Ersten Weltkrieg war Polen kaum ein Land zu nennen. Es gab fünf verschiedene Währungen, neun Rechtssysteme, und die zahlreichen Grenzstreitigkeiten hatten sich sämtlich zu kleinen Kriegen zugespitzt, darunter der Polnisch-Ukrainische Krieg, der Polnisch-Litauische Krieg und der Polnisch-Tschechoslowakische Grenzkrieg. Kaum waren die Kriege der Giganten vorbei, begannen, wie von Churchill prophezeit, die Kriege der Pygmäen. Im anfänglichen Glauben, dass Polen mit den Bolschwiken besser bedient sei als mit einer Restauration des Russischen Zarenreichs, hatte Marschall Piłsudski, von Vicente glühend bewundert, dem Drängen der Entente cordiale, sich der Offensive gegen die Sowjetunion anzuschließen, nicht nachgegeben und damit im Jahr 1919 vermutlich die Leninsche Regierung aufrechterhalten. Danach wechselte er blitzschnell die Fronten und verbündete sich mit der Ukraine, um ebenjene Sowjets zu bekämpfen. Während er als General im Ersten Weltkrieg die Auflösung seiner Legionen hatte mit ansehen müssen, während er Frankreich und England als unzuverlässiger Verbündeter galt, der Polen in den Untergang zu stürzen drohte, den Russen hingegen als Lakai der Verbündeten, der ihnen den Imperialismus und den Ruin bringen würde, und sich alle darüber einig waren, dass seine katastrophale Laufbahn zwangsläufig in den Zusammenbruch Polens münden würde, hatte Piłsudski 1920 mit seiner unorthodoxen Strategie in der Schlacht bei Warschau den sowjetischen Vormarsch gestoppt. Tatsächlich hatte Piłsudskis Schlachtplan so naiv und dilettantisch gewirkt, dass die leitenden Offiziere und Experten der eigenen Armee Kritik an seiner mangelnden militärischen Ausbildung geübt hatten. Als eine Kopie seines Plans in sowjetische Hände gelangt war, hatte General Tuchatschewski ihn als bloßes Täuschungsmanöver abgetan. Im Morgengrauen des 15. August 1920 hatte die Armee von Josef Piłsudski, Marschall und künftiger Vater des Vaterlands, eine Lücke im russischen Truppenaufmarsch entdeckt, war in die feindlichen Linien eingedrungen, hatte die Front zerschlagen und Tausende Männer getötet. Der sowjetische Vormarsch war für immer gestoppt worden. Soeben hatte sich das ereignet, was später als »Wunder an der Weichsel« bekannt werden sollte.

Die Sowjets hatten ihren Fehler bitter bezahlt: An jenem Morgen hatte die Rote Armee eine der schwersten Niederlagen ihrer Geschichte erlitten – und Piłsudski war mehr oder weniger zufällig zu einem militärischen Genie in einer Reihe mit Alexander dem Großen, Julius Cäsar, Friedrich dem Großen, Admiral Nelson und Napoleon avanciert. Angeblich soll im Folgenden sogar ein junger Offizier der französischen Militärmission in Polen, Charles de Gaulle, manch eine Lektion aus dem Polnisch-Sowjetischen Krieg und der Karriere dieses exzentrischen Politikers beherzigt haben.

An diesem letzten Krieg hatte Vicente teilgenommen. Um den Bericht seiner vergangenen Abenteuer einfacher zu gestalten, sagte er seit seiner Ankunft in Argentinien lediglich, er habe Piłsudski bei der Befreiung Polens geholfen. Mit Vorliebe erzählte er, vor allem um Ercilia, seine »große Tochter«, zum Lachen zu bringen, dass er sich, als er zum Hauptmann ernannt worden und der Krieg schon so gut wie verloren gewesen sei, aus dem Staub gemacht habe – und seine erste Militärmedaille der Tatsache verdanke, dass er von den tausendfach davongerannten Soldaten schlicht der schnellste gewesen sei. Warum spielte Vicente seine Heldentaten lieber herunter, anstatt sich mit ihnen zu brüsten? Und weshalb hatte er seine Offizierslaufbahn nicht fortsetzen und die nächsten Stufen der militärischen Hierarchie erklimmen wollen? Er wusste es selbst nicht genau. Weder das Schlachtfeld noch Piłsudski, der Held seiner Jugend, hatten die Hoffnungen seines jugendlichen Herzens erfüllt. Und bei Kriegsende war er als Sieger in das bezwungene Warschau zurückgekehrt.

Gustawa Goldwag, seine Mutter, hatte ihn gleich davon überzeugt, sich in Jura an der Universität einzuschreiben. Bernard, ihr ältester Sohn, von allen Berl genannt, beendete gerade sein Medizinstudium, und als gute jüdische Mutter träumte Gustawa von einem Arzt und einem Anwalt. Vicente aber träumte von einem anderen Horizont, einem ferneren und weiteren jenseits des bereits vom Unglück bedrohten alten Kontinents. Außerdem war ihm, der so gern über die in den Schtetln verbliebenen Juden Witze machte, der Antisemitismus seiner polnischen Landsleute zuwider, auch wenn er selbst manchmal antisemitische Gefühle hegte. Wie sollte er dulden, dass sich ein paar unbedarfte junge Studenten, nur weil sie gebürtige Polen waren, über ihn, der an der Seite von Marschall Piłsudski für die Befreiung ihres Vaterlandes gekämpft hatte, lustig machten? Vicente erinnerte sich an seine Kindheit in Chełm. Er erinnerte sich an den Spott, den er über sich hatte ergehen lassen müssen, als die Lehrerin die Schüler gebeten hatte, mit ein paar Zeilen ihre Sommerferien zu beschreiben, und er seine

Arbeit auf Jiddisch statt auf Polnisch abgegeben hatte. Damals hatte er beide Sprachen perfekt beherrscht, aber noch nicht gewusst, welche der beiden er in der Schule benutzen sollte. Als er weinend nach Hause gekommen war, hatten sogar seine großen Geschwister Berl und Rachel über seinen Irrtum gelacht. Vicente erinnerte sich auch an die Straße, in der sie gewohnt hatten, er erinnerte sich an ihre Nachbarn, er erinnerte sich an ihr Stadtviertel in Chełm, in dem alle Jiddisch sprachen, und er erinnerte sich daran, dass auch er diese Sprache gesprochen hatte, die ihm in Buenos Aires allmählich fremd geworden war. Vicente erinnerte sich sogar an das eigenartige Gefühl Jahre später, er lebte damals schon in Warschau, als die noch ganz in Schwarz gekleideten Cousins aus Hrubieszów mit ihrer Kippa und den Schläfenlocken zu Besuch gekommen waren: das Gefühl, dass nicht nur er, sondern auch sein großer Bruder, seine große Schwester und sogar seine Mutter keine Juden mehr seien. Trotz seiner Erinnerungen hatte sich dieses Gefühl nur weiter verstärkt. »Warum fühlen wir das eine mehr als das andere? Wie kommt es, dass wir manchmal als Juden, Argentinier, Polen, Franzosen, Engländer, Anwälte, Ärzte, Lehrer, Tangotänzer oder Fußballspieler von uns sprechen? Wie kommt es, dass wir manchmal über uns reden und absolut sicher sind, dass wir nur das

Eine sind, etwas Einfaches, Festgelegtes, Unveränderliches, etwas, das wir mit einem einzigen Wort erkennen und beschreiben können?« Wie so viele Exilanten stellte Vicente sich, seit er Polen verlassen hatte, oft solche Fragen. Und auch wenn er bisweilen Antworten darauf fand – zu viele Antworten –, gelang es ihm nie, eine davon als endgültige Lösung zu betrachten. Mit fünfzehn, sein Vater war gerade an einem Herzinfarkt gestorben, hatte Vicente eine grenzenlose Bewunderung für Piłsudski entwickelt. Vermutlich war er in die Armee eingetreten, um zu betonen, dass er eher Pole als Jude und eher Pole als Kommunist war, wie der verhasste Verlobte seiner Schwester. Und womöglich hatte er damals, Ende des Ersten Weltkriegs, wie so viele andere junge polnische Gymnasiasten, von einem starken und freien Polen geträumt. Vielleicht hatte Vicente auch deshalb Polen verlassen wollen, weil er sich von Piłsudski verraten fühlte, dem Adoptivvater, dem Helden einer ganzen Generation, der plötzlich beschlossen hatte, sich aus dem politischen Leben zurückzuziehen. Vielleicht lag es auch an den antisemitischen Beleidigungen, die er an der Universität zu hören bekam. Ja, vielleicht wollte er Europa verlassen, um dem Elend zu entfliehen, das dem Kontinent drohte, oder nur seiner Sehnsucht nach der Entdeckung Amerikas folgen. Vielleicht war er ganz einfach aus Warschau fortgegangen, wie man damals eben fortging, um im Ausland sein Glück zu machen, und vielleicht würde er zurückkehren und seine Mutter, seine Schwester und seinen Bruder wiedersehen. Vielleicht hatte er, als er fortging, gar nicht damit gerechnet, nicht zurückzukehren und sie nie mehr wiederzusehen.

Wie dem auch sei, als er im Jahr 1928 zusammen mit seinem Freund Ariel Edelsohn Polen verließ und via Amsterdam und Paris in Bordeaux einen Ozeandampfer nach Buenos Aires bestieg, hatte Piłsudski seine Entscheidung bereits revidiert und gerade sein zweites politisches Leben an der Spitze Polens angetreten, während die antisemitischen Bewegungen für ein paar Jahre aus den Warschauer Universitäten verschwanden.

Vicente Rosenberg war im April 1928 in Argentinien eingetroffen, in der Tasche nur wenig Geld und ein Empfehlungsschreiben seines Onkels für die Polnische Bank in Buenos Aires (dieselbe, in der ein anderer Pole, Witold Gombrowicz, fünfzehn Jahre später arbeiten sollte). Doch statt Bankangestellter zu werden, hatte Vicente im Handumdrehen diverse Gelegenheitsarbeiten, mehr oder weniger dubiose Geschäfte, an Land gezogen und war zu einem wenn auch nicht reichen, so doch ansehnlichen und gewandten jungen Herrn geworden. Er hatte Tangotanzen gelernt und war mit Ariel und Sammy in Milongas gegangen, Sammy hatte ihm Léon, Rosas älteren Bruder, und Léon hatte ihm Rosita, seine zukünftige Frau, vorgestellt.

Ihre Eltern waren mit Rositas beiden älteren Schwestern, Olga und Esther, und ihrem Bruder Léon 1905 in Buenos Aires angelangt. Rosita, die als Erstes der Geschwister in Argentinien zur Welt gekommen war, wurde rasch zur Lieblingstochter des Vaters. Nach dem Abitur hatte sie ihn mühelos davon überzeugen können, studieren zu dürfen, und sich an der Pharmazeutischen Fakultät in La Plata eingeschrieben. Gerade hatte ihr zweites Studienjahr begonnen, als Léon ihr von Vicente erzählte. Zunächst zögerte sie, für diese erste Liebe alles aufzugeben. Sie wusste, dass sie Hausfrau werden würde, wenn sie das Studium abbrach, und obwohl sie Angst vor diesem Leben hatte, das zwangsläufig dem ihrer Mutter und ihrer Schwestern (und Tausender Frauen vor ihnen) gleichen würde, hatte sie alles aufgegeben: Noch größer als die Angst vor einem solchen Hausfrauendasein war ihre Angst, das zu verpassen, was so viele Romane und fast alle ihrer Freundinnen »el ombre de tu vida«, den Mann deines Lebens, nannten. Außerdem war Vicente anders als die Ehemänner ihrer Schwestern oder als ihr

Vater: Vicente hatte studiert, er wusste sich zu kleiden, er liebte es, zu tanzen und zu reden und zu spielen und das Leben zu genießen, als hätte es noch einen anderen Sinn, als Kinder zu bekommen und ein gutsituierter Kaufmann zu werden.

Rosita stammte aus einer Familie, die zwar genauso wohlhabend war wie Vicentes (ihr Großvater, ein Zigarrenfabrikant, hatte in den 1860er Jahren seine Glanzzeit erlebt), aber verhältnismäßig ungebildet und die erst kurz vor ihrer Geburt das Schtetl in der Nähe von Kiew verlassen hatte. Wie in dem Pharmaziestudium sah sie in Vicente eine Verheißung von etwas Neuem, von einer radikalen Veränderung, die sie für immer aus der Welt der Möbelfabrik holen würde, in der sie aufgewachsen war.

Ihr Vater, Pini Szapire, hatte sich nicht getäuscht. Wenn er dem jungen polnischen Dandy mit Argwohn begegnet war, dann nicht, weil er trotz seiner eleganten Kleidung erheblich ärmer war als sie, sondern vor allem, weil er etwas Ähnliches in ihm gesehen hatte wie Rosita – und er nicht ausgerechnet seine Lieblingstochter verlieren wollte, die als Erste in der Familie den Wunsch geäußert hatte zu studieren, die es, so hoffte er, als Erste in der Familie zu »etwas« bringen und statt eines liebenswerten polnischen Geschäftemachers einen Arzt, einen Rechtsanwalt oder einen argentinischen Architekten aus gutem Hause heiraten würde. Doch irgendwann hatte Rositas Vater nachgegeben, und Rosita hatte geheiratet und war nach Uruguay, ins Grand Hotel Casino Carrasco, in die Flitterwochen gefahren. Eine ganze Woche lang hatten Rosita und Vicente zwischen Roulette, Tanzfläche und Strand verbracht. Sie hatten ausgiebig getanzt, sich ausgiebig geliebt und ausgiebig gespielt. Vicente hatte schon damals eine Leidenschaft für den grünen Filz, hasste es aber zu verlieren. In glücklosen Nächten verstand Rosita es, ihn, wenn sie im Morgengrauen das Kasino verließen, mit Zärtlichkeiten zu umgarnen, so dass er rasch wieder guter Dinge war.

Ihre ersten Ehejahre waren so schnell verflogen wie die Jahre verfliegen, wenn man glücklich ist, wenn man in sechs Jahren drei Kinder bekommt, viermal umzieht und alle drei Monate die Arbeit wechselt.

Kurzum, 1940 liebten sich Vicente und Rosita immer noch genauso, Vicente war immer noch jung und schön, er achtete immer noch auf ein gepflegtes Äußeres, hatte aber außerdem eingewilligt, ein Geschäft zu eröffnen, um die Möbel seines Schwiegervaters zu verkaufen – und war Familienvater, Rosita ihrerseits Hausfrau geworden. Seit Langem hatte Vicente sein Jiddisch vergessen und sprach perfekt Argentinisch. Bis auf seinen Freund Ariel nannte ihn niemand mehr

Wincenty: Alle nannten ihn Vicente – und er fühlte sich mehr als Argentinier denn als Jude oder Pole.

An jenem 13. September nach dem Abendessen brachte Vicente die Kinder ins Bett, während Rosita die Küche aufräumte. Er erzählte ihnen eine Geschichte, die er ihnen schon oft erzählt hatte und die seine Kinder, vor allem die Mädchen, vor dem Einschlafen immer wieder hören wollten. Es handelte sich um eine alte jüdische Legende oder eine junge Familienlegende, der zufolge sie den Namen Rosenberg dem deutschen Dichter E. T. A. Hoffmann zu verdanken hätten. Zur Zeit Napoleons, als beschlossen wurde, die Juden in das Personenstandregister aufzunehmen, war Hoffmann als Assessor im preußischen Staatsdienst angestellt gewesen. Alle Juden hatten sich zum Gericht begeben müssen, um einen Namen zu erhalten, und der deutsche Dichter, der sich um ihre Einträge kümmerte und sich dabei vielleicht von den Indianern Nordamerikas inspirieren ließ, hatte sie mit romantischen Metaphern bedacht: Goldenbaum, Morgenstern, Sommerfeld – oder eben Rosenberg.

»Aber vorher, mein Kapitän, wie hießen wir denn vorher?«

Vicente hatte gerade seine Geschichte beendet, als Martha, die jüngste Tochter, ihm an diesem Abend zum ersten Mal diese zugleich seltsame und logische Frage stellte.

»Ich glaube, wir hießen Ben irgendetwas … Oder aber, nein … Nein, eigentlich glaube ich, dass wir uns nach dem Vornamen des Vaters genannt haben … oder nach dem Geburtsort … oder dem Beruf … In Wirklichkeit habe ich keine Ahnung, ich hab es völlig vergessen!«

Weil Ercilia, seine andere Tochter, darauf beharrte, dass er sich erinnern solle, versprach Vicente ihnen, diese Frage an ihre Großmutter weiterzugeben, die, wie sie ja wüssten, in Polen geblieben sei. Und falls auch sie sich nicht erinnerte, wisse sie bestimmt, wer aus der Familie sich erinnern könnte. Dann stand er auf und löschte das Licht.

»Versprochen, ich schreibe ihr und frag sie!«

Vicente drückte seinen Töchtern und auch seinem Sohn, der bereits schlief, einen Kuss auf die Stirn und verließ das Kinderzimmer. Im Gang sah er den Lichtschein durch die halb offene Küchentür, aber statt die wenigen Meter zurückzulegen, die ihn von seiner Frau trennten, lehnte er sich mit dem Rücken an die Wand, blieb allein im Halbdunkel stehen und überlegte. Er dachte an das, was er seinen Kindern gesagt hatte. Er nahm es sich ein bisschen übel, denn er wusste, dass er sein Versprechen möglicherweise nicht halten konnte.

Oder vielmehr wusste er, dass er zwar das Versprechen halten konnte, seine Mutter zu fragen, welchen Namen sie vor ihrer Zeit als Rosenbergs getragen hatten, aber auch, dass er vermutlich keine Antwort bekommen würde.

Er rechnete damit, dass sie ihm womöglich nicht antworten würde, weil sie schon seit Monaten auf keinen seiner Briefe geantwortet hatte.

Am folgenden Tag (weder am Tag nach jenem Freitag, dem 13. September 1940, als er seinen Kindern zum x-ten Mal die Geschichte von E. T. A. Hoffmann erzählt hatte, noch am übernächsten Tag noch am Tag nach irgendeinem anderen Tag, also nicht am folgenden Tag, sondern an *einem* folgenden Tag, einem zugleich bestimmten wie unbestimmten Tag danach, dem Tag nach einem ebenso bestimmten wie unbestimmten Tag, wenn man so will, an einem gewissen wie ungewissen Tag danach) verließ Vicente entschlossenen Schrittes das Haus. Wie jeder Mensch, das heißt wie alle Menschen, ging Vicente, so wie er morgens manchmal mit dem richtigen und manchmal mit dem falschen Fuß aufstand, je nach Anlass unterschiedlichen Schrittes: gemessenen, zögerlichen, leisen, flüchtigen, eiligen – oder eben, wie an diesem Tag, entschlossenen Schrittes. Seine Entschlossenheit erklärte sich aus der Tatsache, dass er auf die kleine Anzeige hin, die er tags zuvor in *El Mundo* veröffentlich hatte, eine Reihe von

Bewerbern empfangen sollte. Als er in seinem Möbelgeschäft eintraf, wunderte sich Vicente also nicht, vor der Tür zwei junge Männer vorzufinden, einen blonden, einen dunkelhaarigen sowie einen dritten, bärtigen, der wenig vertrauenserweckend und um einiges älter schien. Er zog den eisernen Rollladen hoch und bat zuerst den älteren Mann in den dunklen, langgestreckten Raum, in dem er die Möbel seines Schwiegervaters präsentierte. Er ließ dem Mann nicht deshalb den Vortritt, weil ihn seine wenig vertrauenserweckende Art zu einem besseren Bewerber zu prädestinieren schien, sondern weil er umgekehrt so gut wie sicher war, seine Bewerbung ablehnen zu müssen. Und das tat er auch, nachdem er sich knapp zehn Minuten lang angehört hatte, welche Anstellungen als Verkäufer der Kandidat in den letzten fünfunddreißig Jahren innegehabt hatte. Der Mann hatte, wie er selbst sagte, fast alles verkauft: Kosmetikartikel, Reinigungsmittel, Bücher, Uhren, Viehfutter, Perücken, Schuhe, Schmuck und sogar Autos – nur keine Möbel.

»Ja, eben.«

»Ja, eben? … Aber … eben was?«

»Hier geht es um den Verkauf von Möbeln.«

Der Bärtige ließ seinen Blick durch das Geschäft schweifen.

»Ich weiß. Das sieht man ja …«

»Genau, das meine ich: Ja, eben.«

Der Mann lächelte unsicher. Er wusste nicht, ob Vicente Spaß machte oder ob es ihm ernst war. Vicente stand auf, geleitete ihn bis zur Tür und beendete das Gespräch, um die Tatsache zu verschleiern, dass auch er im Grunde nicht wusste, ob seine Bemerkung komisch gemeint war oder nicht.

Der zweite Bewerber, den er ins Geschäft eintreten ließ, war der dunkelhaarige junge Mann. Um ehrlich zu sein, war er nicht nur dunkelhaarig: Er war sehr dunkelhaarig. Ausgesprochen dunkelhaarig. So ausgesprochen dunkelhaarig wie der andere junge Mann ausgesprochen blond war. Der schroffe Gegensatz zwischen Haar- und Hautfarbe dieser beiden Personen hatte etwas Kurioses. Und Vicente konnte nicht umhin, bevor er den dunkelhaarigen jungen Mann hereinbat, kurz innezuhalten und seine beiden letzten Kandidaten nacheinander mit einem durchdringenden Blick zu bedenken. Auch der dunkelhaarige junge Mann erzählte ihm von seinen Berufserfahrungen. Er habe vor allem als Kellner in Restaurants gearbeitet, auch in einer Raststätte, nun aber den Wunsch, wie er sagte, »den Beruf zu wechseln«.

»Sind Sie Argentinier?«

Der junge Mann sah ihn leicht gekränkt und auch ein bisschen verärgert an: Sein Akzent verriet unmissverständlich, dass er aus Spanien kam.

»Nein, ich komme aus A Coruña. Ich bin erst seit einem halben Jahr in Buenos Aires. Warum?«

»Nur so.«

Vicente fragte ihn, ob er in seiner Wohnung Telefon habe und notierte sich die Nummer. Dann geleitete er ihn bis zur Tür und sagte, er werde sich melden. Was er mit Sicherheit nie tun würde. Vicente sah lange zu, wie der ausgesprochen dunkelhaarige Mann die Straße überquerte, sich entfernte und, überrascht von der sonderbaren Art dieses merkwürdigen Chefs, noch einmal zurückschaute. Dann bat er den ausgesprochen blonden jungen Mann herein. Der ausgesprochen blonde junge Mann setzte sich ihm ausgesprochen ungezwungen gegenüber und nickte ihm dankend zu. Vicente betrachtete ihn schweigend: Er war wie aus dem Ei gepellt, hatte feine Lippen und einen schmalen Schnurrbart. Kurz, er sah aus wie sein um zehn oder fünfzehn Jahre jüngerer Doppelgänger. Vicente stellte ihn sofort als Verkäufer ein. Er wusste nicht genau, weshalb er ihn vom Fleck weg engagierte, aber abgesehen von ihrer Ähnlichkeit gefiel ihm etwas an ihm ganz ungemein.

»Haben Sie schon einmal als Verkäufer gearbeitet?«

Wieder nickte der junge Mann mit dem Kopf, aber ohne zu antworten. Vicente insistierte:

»Haben Sie schon einmal Möbel verkauft?«

Der blonde junge Mann schenkte ihm ein wunderschönes Lächeln, noch immer ohne das geringste Wort verlauten zu lassen.

»Sie sprechen nicht Spanisch, oder?«

Der junge Mann schüttelte schüchtern den Kopf und bedeutete, dass ihm der Sinn dieser letzten Frage nicht entgangen war. Vicente begriff und fragte erneut, nun auf Deutsch, ob er schon einmal in einem Möbelgeschäft gearbeitet habe.

»Noch nie.«

»Was war denn vorher Ihre Arbeit?«

»Ich habe noch nie gearbeitet.«

Der blonde junge Mann schenkte ihm wieder sein wunderschönes Lächeln. Ein in jeder Hinsicht entwaffnendes Lächeln.

Er hieß Franz. Und er kam aus Bremen. Er war mit seinen Eltern aus Deutschland geflohen und drei Wochen zuvor in Buenos Aires eingetroffen. Obwohl er zwischen fünfundzwanzig und dreißig zu sein schien, war er in Wirklichkeit erst achtzehn. Vicente stellte ihn sofort ein. Schon am nächsten Tag machte sich der junge Mann an die Arbeit beziehungsweise daran, auf der Ladenschwelle potenzieller Kundschaft zu harren. Vicente saß hinter seinem Schreibtisch und sah ihn vor dem Geschäft herumstehen. Es beruhigte ihn sehr, auf diese Weise beim Nichtstun unterstützt zu werden.

Wenn die potenziellen Kunden nach dem Blick ins Schaufenster Franzens wunderschönem stillem Lächeln erlagen, betraten sie irgendwann auch den Laden, und die Anschaffungen, mit denen sie ihn wieder verließen, rechtfertigten vollauf den mageren Lohn, den er dem jungen Mann angeboten und den dieser bereitwillig akzeptiert hatte.

Bei seinem Anblick fragte sich Vicente manchmal, weshalb er ihn eingestellt oder vielmehr, weshalb er sich so spontan, auf den ersten Blick, für ihn entschieden hatte. Erst einige Zeit später, an einem Montagmorgen, es war der 9. Dezember 1940, als Franz schon seit drei Wochen im Geschäft arbeitete und sein Lächeln immer mehr Kunden anlockte, sollte Vicente sich erstmals darüber Gedanken machen, ob der junge Mann womöglich Jude war. In seiner Diskretion hatte er sich bisher nie zu fragen getraut. Aber an jenem Tag begriff er plötzlich, dass er bei ihrer ersten Begegnung unwillkürlich gedacht hatte: Dieser junge Mann ist Deutscher. Und dass er sich deshalb für ihn entschieden hatte. Er begriff, dass er sich aufgrund einer Eigenschaft für ihn entschieden hatte, die er nur wenige Monate später mit allem, was sich hinter diesem Adjektiv verbarg, hasste.

An jenem Montag, dem 9. Dezember 1940, etwas später am Tag, schaute Ariel bei Vicente vorbei, um ihn zum Mittagessen ins El Imparcial mitzunehmen, ein alteingesessenes Restaurant in der Nähe des Möbelgeschäfts. Seit drei Wochen schon erschien Vicente nicht mehr zu ihrem traditionellen Freitagabendtreffen im Tortoni, und nach Absprache mit Sammy hatte Ariel beschlossen, endlich in Erfahrung zu bringen, welche Laus ihrem Freund über die Leber gelaufen war. Nachdem er den jungen Franz, der kerzengerade auf der Türschwelle stand und sein strahlendstes Lächeln lächelte, begrüßt hatte, merkte Ariel, kaum stand er im Laden, dass Vicente merkwürdig aussah, als hätte etwas zugleich Offenkundiges und Unmerkliches seine Gesichtszüge verändert: Eine gewisse Erschöpfung ließ ihn noch distanzierter, noch durchsichtiger wirken als gewöhnlich. Ariel sagte nichts. Er sah sich im Geschäft um, betrachtete die neuen Möbel, erkundigte sich nach den Kosten für den neuen Mitarbeiter, und dann gingen sie zur Kreuzung zwischen der Calle Victoria und der Calle Salta, an der sich das Restaurant befand.

Wie immer um die Mittagszeit war die Innenstadt von Buenos Aires laut und voller eiliger Menschen, fliegender Händler und modebewusster Frauen, die in den Geschäften aus und ein gingen. Auf der Fahrbahn mischten sich Müllpferde unter die Autos, trotz der drückenden Hitze trugen fast alle Männer und die meisten Kinder Anzug und Krawatte, viele, wie Ariel und Vicente, auch Hüte. Der große Saal im El Imparcial war proppenvoll, und man hatte sie an einen Tisch in der Raummitte platziert, eingezwängt zwischen anderen Tischen, wo sich die lebhaften Diskussionen sowohl um die Fußballspiele vom Vortag drehten (Boca Juniors, der Tabellenführer, hatte den Zweiten, Independiente, 5 zu 2 geschlagen und sich damit bereits zwei Tage vor Ende der Meisterschaft den Titel gesichert) als auch um den Versuch der Vereinigten Staaten, mit den lateinamerikanischen Ländern ein Militärabkommen auszuhandeln, um sich im Falle einer äußeren Aggression zum gegenseitigen Beistand zu verpflichten. Doch die Argentinier misstrauten den Uruguayern, und die Uruguayer misstrauten den Paraguayern, die Paraguayer wiederum misstrauten den Chilenen, die ihrerseits den Argentiniern misstrauten … Kurz, Roosevelts diplomatische Bemühungen schienen festgefahren.

Hungrig griff Ariel nach der Speisekarte und schlug Vicente vor, eine Paella zu teilen, aber Vicente war so von dem politischen Gespräch der drei Geschäftsleute am rechten Nebentisch absorbiert, dass Ariel, ohne seine Antwort abzuwarten, schließlich der Empfehlung Gastons, des Obers, folgte und einmal Schinken, eine doppelte Portion Risotto mit Sepiatinte und eine Flasche Rioja bestellte. Vicente wandte sich vom Tisch der Geschäftsleute ab und sah auf die Zeitung, die der einsame Kaffeetrinker am linken Nebentisch soeben abgelegt hatte. Er erbat sie sich mit einer Handbewegung und überflog die außenpolitische Rubrik. Außer den Neuigkeiten über die diplomatische Initiative Nordamerikas füllten vor allem Nachrichten über die Entwicklung der Situation in Griechenland und im Südpazifik die Seiten. Besorgt, und ohne den Blick von der Zeitung zu heben, sagte Vicente zu seinem Freund:

»Du weißt ja, dass ich kein großer Zeitungsleser bin, aber du … hast du irgendetwas gehört? Ich meine, hast du etwas darüber gehört, was bei uns vor sich geht?«

»Bei uns?«

Ariel hatte Vicente schon lange nicht mehr so über Polen sprechen hören.

»Ja, bei uns«, antwortete Vicente lächelnd.

Vicente verstand die Verwunderung seines Freundes, und keiner von beiden musste die kleine Verwirrung aufklären, die angesichts ihrer Vertrautheit mit einem einfachen Blick sofort wieder verflogen war.

»In Warschau haben sie jetzt offenbar auch angefangen, eine Mauer zu bauen …«

»Ja, genau wie in Łódź. Allmählich machen sie das

überall. Entweder mit einem Lattenzaun oder mit Stacheldraht. Und bei uns in Warschau ist es gleich eine dicke Mauer!«

Ariel las sämtliche Zeitungen. Die argentinischen Zeitungen ebenso wie die wenigen europäischen und nordamerikanischen, die Buenos Aires oft erst mit mehreren Wochen Verspätung erreichten. Außerdem hatte er Verbindungen zu den Redaktionen der großen Tageszeitungen in der Hauptstadt, wie *Crítica* und *La Nación*, sowie zu einem Cousin, Alejo Muchnik, der für *La idea sionista* schrieb, eine Zeitung der jüdischen Gemeinschaft von Buenos Aires. Zu Beginn des Südsommers 1940 hatten viele Leute von den antisemitischen Maßnahmen der Nazis gehört, bei denen die Juden enteignet, in beschlagnahmten Gebäuden untergebracht und ins Generalgouvernement abtransportiert wurden; auch von dem Ghetto in Łódź und von der Mauer, die errichtet wurde, um das jüdische Viertel in Warschau abzuriegeln. Doch fast niemand auf der Welt wusste, wie das Leben im Inneren der Ghettos aussah. Obgleich Jude und Pole, war Vicente noch schlechter informiert als die meisten anderen, schlechter sogar als die Argentinier, die in Argentinien geboren waren und nie einen Fuß nach Europa gesetzt hatten. Natürlich hatte er gehört, dass die Deutschen im September 1939 Polen überfallen hatten. Es war ihm klar, dass die Deutschen wie schon seit Jahrzehnten die Polen oder Russen, seit 1933 jedoch zunehmend in staatlich verordneter Weise, eingeschworene Antisemiten waren. Bisher hatte er jedoch die Augen vor der Gefahr verschlossen, der seine Mutter und sein Bruder, beide noch in Warschau, sowie seine Schwester, die mit ihrem Ehemann nach Russland hatte fliehen können, ausgesetzt waren. Die Mauer, die von den Deutschen zur Ausgrenzung der Warschauer Juden gebaut worden war, umgrenzte ein knapp drei Quadratkilometer großes Areal, auf dem über vierhunderttausend Menschen leben sollten. Vierhunderttausend Menschen in ein paar Häuserblocks. Vierzig Prozent der Bevölkerung auf vier Prozent der Stadtfläche. Einhundertachtundzwanzigtausend Einwohner pro Quadratkilometer. Also eine sechsmal höhere Bevölkerungsdichte als im heutigen Stadtzentrum von Paris. Eine dreimal höhere Bevölkerungsdichte als in Dhaka, der am dichtbesiedeltsten Stadt der Welt.

Zunächst hatten die Deutschen alle Juden aus den verschiedenen Warschauer Stadtvierteln gezwungen, ins Ghetto umzuziehen. Danach waren die Juden aus den umliegenden Dörfern an der Reihe gewesen. In den Straßen wimmelte es von Menschen. Die meisten lebten eng zusammengepfercht. Innerhalb von zwei Jahren sollten in dieser übervölkerten Hölle hunderttausend Menschen an Hunger und Kälte zugrunde gehen. Hunderttausend Menschen starben noch vor den Deportationen und Erschießungen, bevor die Juden täglich zu Tausenden in die Lager transportiert wurden, wo die Nazis erfolgreich eine industrialisierte Mordmaschine ins Rollen brachten.

Vor Ausbruch des Krieges hatte Vicente sich stets geweigert, die Nachrichten aus Europa zu lesen. Er hatte es vorgezogen, nicht darüber zu sprechen. Während des »Sitzkriegs«, zwischen September 1939 und Mai 1940, behauptete er sogar gern, dass diese Geschichten alle abwegig seien und die Zeitungen sicher »ein bisschen logen«. Ohne es seinen Freunden zu sagen, dachte er danach immer häufiger, dass es im Grunde nichts brachte, Bescheid zu wissen und informiert zu sein: Ließ sich denn aus zwölftausend Kilometern Entfernung etwas tun? Was die Idee betraf, nach Polen zurückzukehren und dort zu kämpfen, brauchte er das so schnell nicht noch einmal. Er hatte gekämpft, er hatte es sogar zum Hauptmann der polnischen Armee gebracht. Später, an der Universität, war ihm jedoch nicht entgangen, wie ihm seine Kameraden die Befreiung ihres Vaterlands dankten: Indem sie ihn beschimpften und ihn einen »Juden« nannten, als könnte er nicht gleichzeitig Jude und Pole sein. Was würde es jetzt also bedeuten, zurückzukehren und für die Seinen zu kämpfen? Wer wären überhaupt »die Seinen«? 1940 wusste Vicente vielleicht nicht, ob er Jude oder Argentinier war, aber er wusste, dass er nicht mehr Pole genug war, um zu kämpfen, so wie er damals gekämpft hatte, um dieses Land zu verteidigen.

»Erinnerst du dich an Deborah? Doch, doch, weißt du, die Freundin meiner Schwester, die Nathan geheiratet hat, diesen Zahnarzt aus Posen … Sie hat ihr geschrieben, dass ihre Wohnung beschlagnahmt worden sei, sie wohnen jetzt zu zwölft in einem Zimmer …«

Vicente hörte, wie sein Freund ihm ein paar aufgeschnappte Neuigkeiten aus dem Leben im Ghetto erzählte. Ariel sagte, dass man Angst vor ausbrechenden Seuchen habe, dass von Typhus und Tuberkulose die Rede sei und manche sogar behaupteten, die Deutschen wollten die Juden systematisch aushungern. Vicente hörte ihm schweigend, aber mit einer stummen Verzweiflung zu, die Ariel zuerst gar nicht bemerkte.

»Geht's, Wincenty?«

Vicente antwortete mit einem Schulterzucken. Sie aßen ihren Reis auf, tranken einen Kaffee, und als sie das Restaurant verließen, sah Ariel ihm forschend ins Gesicht.

»Bist du sicher, dass es geht? Kann ich irgendetwas tun? Ich weiß nicht, du wirkst irgendwie …«

Vicente ließ ihn nicht ausreden. Er beruhigte ihn

mit einer fast unmerklichen Kopfbewegung und ging zurück in sein Geschäft. Ariel sah ihm nach und fragte sich, ob irgendetwas vorgefallen war, ob es einen besonderen Grund dafür gab, dass sein Freund während des Mittagessens noch wortkarger gewesen war als seit Ausbruch des Krieges.

Ariel sah Vicente langsam fortgehen und ebenso langsam um die Ecke biegen, zündete sich hilflos eine Zigarette an, drehte sich um und machte sich, noch immer vom Verhalten seines Freundes irritiert, auf den Heimweg. Vicente seinerseits ging, noch immer ebenso langsam, die Straße hoch Richtung Geschäft. Dabei war er tief in Gedanken versunken. Ariel hatte recht: Es war tatsächlich etwas vorgefallen, was Vicente ihm nicht erzählt hatte, etwas, was er noch niemandem erzählt hatte, etwas, was seinen Blick auf den jungen Franz verändert hatte und was ihn selbst noch unergründlicher machte als zuvor. Was genau hatte Vicente seinem Freund verschwiegen? Vor seinem Aufbruch ins Geschäft am Morgen jenes 9. Dezember 1940 hatte ein Ereignis seine schon seit Wochen gehegte Befürchtung bestätigt, eine Befürchtung, die ihn vom Tortoni und von seinen Freunden ferngehalten hatte und die sich auf die spärlichen, im Radio, im Café oder am Kiosk an der Straßenecke unwillkürlich aufgeschnappten Neuigkeiten gründete: Der Briefträger hatte ihm einen Brief aus Warschau ausgehändigt, mit deutschen Briefmarken und dem Reichsadler-Siegel – einen Umschlag, auf dem er sofort die Handschrift seiner Mutter erkannt hatte.

Mein Liebling,

danke für die Dollars. Vielleicht hast Du von der großen Mauer gehört, die die Deutschen gebaut haben. Zum Glück ist die Sienna-Straße mittendrin geblieben, sonst hätten wir unsere Wohnung verlassen und umziehen müssen. So konnten wir immerhin vermeiden, dass sie beschlagnahmt wurde. Das Leben ist nicht einfach, aber wir kommen zurecht. Das Problem sind die Massen. Sie haben viele Juden aus den anderen Vierteln hergebracht. Sie füllen die Straßen mit Traurigkeit. Man kann sagen, dass wir Glück gehabt haben. Auch wenn wir, wie alle hier, kaum etwas zum Essen auftreiben können. Ich musste den verbliebenen Schmuck verkaufen und den Pelzmantel, den Dein Vater mir zu meinem vierzigsten Geburtstag geschenkt hatte. Erinnerst Du Dich? Schick uns alles, was Du kannst. Dein großer Bruder lässt Dich herzlich grüßen. Du sollst ihm schreiben.

Deine Dich liebende Mutter

Vicente hatte seiner Mutter umgehend geantwortet. Trotz seiner furchtbaren Sorge hatte er ihr betont beruhigende Zeilen geschrieben. Er hatte ihr vorgeschlagen, was er ihr bereits fünf, drei und dann noch einmal zwei Jahre zuvor, kurz vor Kriegsausbruch, vorgeschlagen hatte: ihnen nach Argentinien zu folgen. Trotz der Pogrome 1935 und 1936, trotz des überall in Europa grassierenden Antisemitismus hatte sie sich geweigert. Sie hatte sich geweigert, weil Berl und Rachel Polen nicht verlassen wollten und sie sich nicht von ihnen trennen mochte. Vicente wusste, dass seine Schwester unmöglich zu überzeugen wäre, weil sie mit diesem Kommunisten verheiratet war, der glaubte, mit den Russen die Welt verändern zu können. Sein großer Bruder Berl jedoch, der eine Ärztin geheiratet und gerade einen Sohn bekommen hatte, müsste sich nach Vicentes Einschätzung von seiner Mutter überzeugen lassen können, mit seiner Familie nach Buenos Aires nachzukommen. Vicente konnte nicht verstehen, weshalb seine Mutter nicht sehen wollte, dass die Zukunft hier in Amerika, nicht in Europa war. In einem sanfteren Ton als damals hatte Vicente ihr geschrieben, er wisse, dass es nun schwierig geworden sei, hoffe aber dennoch, dass sie nach dem Krieg alle kommen könnten. Sie, Berl, dessen Frau, sein Sohn und sogar Rachel, die bereits in Russland war. Er hatte ihr geschrieben, dass er sich um alles kümmern werde. Um alles.

Nach dem Mittagessen verbrachte Vicente den Nachmittag im Geschäft. Er hatte zwei Kunden, einen Mann und ein Paar mit Kindern. Unter dem Eindruck von Franzens strahlendem Lächeln kauften sie mehrere Möbelstücke. Für das Geschäft war es ein guter Tag. Doch Vicente konnte an nichts anderes mehr denken als an seine Mutter. Unvermittelt fielen ihm Einzelheiten ihres Gesichts und ihrer Hände ein, der Tonfall ihrer Stimme und bestimmte Gesten wie ihre Art, sich zu frisieren. Er ließ Franz den Laden schließen und machte sich relativ früh auf den Heimweg. Er ging langsam und legte am Tresen eines Cafés eine Pause ein, um den Brief abermals zu lesen. »Auch wenn wir, wie alle hier, kaum etwas zum Essen auftreiben können.« Dann setzte er, mit dem Umschlag in der Hand, seinen Weg fort. »Ich hätte nicht lockerlassen dürfen. Ich hätte es immer wieder schreiben müssen, jede Woche, in jedem Brief. Ich hätte sie niemals in Warschau lassen dürfen.«

Vicente war 1928 in Argentinien eingetroffen, vor bald dreizehn Jahren. Er war aus komplizierten, unterschiedlichen, noblen und schrecklichen Gründen aus Polen geflohen – aus Gründen, die ihm nach der Lektüre des mütterlichen Briefs auf einmal völlig nichtig erschienen waren.

Als er nach Hause kam, hatte Rosita die Kinder gerade in die Wanne gesetzt und begonnen, das Essen vorzubereiten. Vicente ließ seinen Blick durch die Wohnung schweifen. Warum war dieses kleine Wohnzimmer mit dem kleinen Sofa, das auf den kleinen Balkon hinausführte, das kleine Esszimmer mit seinem dunklen runden Holztisch und der noch dunkleren Anrichte, die kleine Küche, deren weiße Fliesen durch einen Kachelfries aufgeheitert wurden, der schmale Gang, der in das kleine Kinderzimmer und in ihr kleines Schlafzimmer führte – warum war dieser unscheinbare Ort der erste in seinem ganzen Leben, den er als Zuhause empfunden hatte? Ohne eine Antwort auf diese Frage zu suchen, ja ohne sich diese Frage wirklich bewusst zu machen, drehte sich Vicente zu seiner Frau um, die aus der Küche auf ihn zukam. Wortlos sah er sie an.

»Ist etwas?«

Rosita hatte seinen sonderbaren Zustand gleich bemerkt.

»Du siehst so …«

Vicente antwortete ihr mit einem feinen Lächeln. Rosita half ihm aus seiner Jacke und sah, als sie sie auf den Kleiderbügel hängte, aus einer Tasche den Brief hervorgucken. Besorgt nahm sie den Umschlag und betrachtete Gustawas charakteristische, akkurate Schrift.

»Was schreibt sie denn?«

»Nichts Besonderes ... Ich übersetz es dir später.«

Rosita insistierte nicht. Sie legte den Brief auf ein Regal und nahm ihren Mann wortlos in den Arm. Wortlos drückte sie ihn an sich. Wortlos küsste sie ihn auf die Stirn, auf die Augenlider, auf die Wangen. Und weil die Kinder auf einmal lauthals nach ihr riefen, nahm sie ihn bei der Hand und zog ihn mit sich ins Badezimmer.

Martha, Ercilia und José saßen zu dritt in der Wanne. Sie hatten sich gegenseitig nass gespritzt, überall war Wasser. Juan José hatte außerdem Seife in den Augen. Als sie ihren Vater sahen, hörten die Mädchen überrascht zu schreien auf. Vicente hockte sich vor die Wanne und gab ihnen einen Kuss. Und während Rosita wieder in die Küche ging, krempelte er sich die Hemdsärmel hoch und kümmerte sich um Juan José.

»Und wenn wir nicht zu Hause zu Abend essen, sondern in Las Cuartetas?«

Das Wasser kochte fast, und Rosita, die schon die Schachtel mit den Ravioli aus der benachbarten Nudelfabrik geöffnet hatte, verzog beim Vorschlag ihres Mannes unwillkürlich das Gesicht. Martha und Ercilia jedoch stießen, in ihre Handtücher gewickelt, sofort einen kleinen Freudenschrei aus bei der Vorstellung, auszugehen, und Juan José, auf Vicentes Arm, begann, ohne dass er die Situation tatsächlich begriff, angesichts der Aufregung seiner beiden großen Schwestern so zu strahlen, dass Rosita nicht umhinkonnte, einzulenken und ihrerseits zu lächeln. Sie half den Kindern beim Ankleiden, Vicente zog sich um, und eine Viertelstunde später verließen sie das Haus in der Calle Paraná.

Inzwischen war es dunkel geworden, und die Luft kühlte endlich etwas ab. Rosita, Vicente und die Kinder liefen in der bunten Menschenmenge die Avenida Corrientes herunter. Von den Lämpchen der Kioske und den dutzendfachen Leuchtreklamen der Theater und Buchhandlungen umkränzt, gingen sie bis zu Las Cuartetas, einer Pizzeria, die drei Jahre zuvor eröffnet und sich seither einen Namen gemacht hatte. Vicente trug seinen Sohn auf den Schultern, und Rosita hielt die beiden Mädchen an der Hand. Unterwegs hatte Vicente seiner Frau rasch den Brief seiner Mutter zusammengefasst. Das half ihm zwar nicht, das tief in seinem Herzen verwurzelte Schuldgefühl zu verdrängen, stellte jedoch seine gute Laune wieder her, für die schon die Kinder bei seiner Rückkehr nach Hause gesorgt hatten. Rosita beruhigte ihn: Wenigstens habe er endlich Nachricht bekommen, der Krieg werde schließlich nicht ewig dauern, und eines Tages, *ojala*, könne Gustawa ihnen sicher nach

Buenos Aires folgen. Vicente pflichtete ihr bei. Er wusste, dass sich hinter den sanften Worten seiner Frau auch Vorwürfe verbargen. Einige Jahre zuvor hatte Rosita ihm geraten, seinem Bruder oder seiner Schwester zu schreiben, seine Mutter eigenhändig abzuholen, wenn es ihm wirklich ein Anliegen sei, dass sie ihnen nachziehe. Doch Vicente hatte nichts unternommen. Er hatte ihr sogar gestanden, dass er seit seiner Ankunft in Argentinien begriffen habe, wie unabhängig er im Exil sei, und dass er nicht unbedingt wieder bei ihr leben wolle. Die Entfernung zu seiner Mutter war ihm 1928 eine große Erleichterung gewesen – ihr heute fern zu sein, war ihm eine große Qual.

Vicente und Rosita wechselten das Thema. Nachdem sie über die Schule ihrer älteren Tochter und die nach Vicentes Ansicht »inkompetente« Lehrerin gesprochen hatten, verkündete Rosita ihrem Mann, sie wolle, sobald ihr Sohn in die Grundschule komme, das Pharmaziestudium, das sie vor der Hochzeit abgebrochen hatte, wieder aufnehmen.

»Aber warum denn? Das Geschäft läuft doch langsam an. Heute Nachmittag haben wir ein Sofa und ein komplettes Esszimmer verkauft, mit acht Stühlen! Ich verdiene genug Geld … Ich werde immer genug verdienen. Du musst dir keine Sorgen machen.«

»Aber ich mache mir keine Sorgen! Ich will einfach wieder studieren.«

Rosita schaute ihren Mann einen Augenblick lang schweigend an und sagte dann angesichts seiner bekümmerten Miene um einiges sanfter:

»Nicht sofort. Es eilt ja nicht, ich kann warten. Aber irgendwann … irgendwann würde ich gerne wieder …«

Rosita brachte ihren Satz nicht zu Ende. Das war auch nicht nötig, denn Vicente hatte schon verstanden.

»Mi Rusita …«

»Meine kleine Russin.« Er lächelte sie unendlich liebevoll an und sagte nur diesen Kosenamen, der sich in einem einzigen Buchstaben von ihrem Vornamen unterschied und den er ihr kurz nach ihrer ersten Begegnung gegeben hatte. Da ihre beiden Hände von den Mädchen beansprucht waren, griff er nicht nach der Hand seiner Frau, sondern nach der seiner älteren Tochter, und so liefen sie alle fünf noch inniger verbunden weiter. Sie überquerten die endlose Avenida 9 de Julio und erreichten die Pizzeria. Zusammen mit rund zwanzig Männern in Anzug und Krawatte standen sie erst vor dem Eingang, dann erneut vor der Theke Schlange. Bevor sie an einem der kleinen Marmortische Platz nahmen, bestellten sie eine große *mu-*

sarela, eine kleine f*ugazza*, drei Stück *faina*, eine Limonade, die sich die Mädchen teilen sollten, und eine Flasche Quilmes, die Vicente zu Dreiviertel austrank. Auch wenn es noch drei Wochen hin war, begann Vicente der Kinder zuliebe beim Essen über die Sommerferien zu reden. Er schlug vor, anstatt wie im Vorjahr mit Rositas Eltern nach Mar del Plata, dieses Mal nach Piriápolis in Uruguay zu fahren. Da beide Reiseziele mit Strandspielen und der Aussicht auf abwechslungsreiche Nachmittags- und Abendbeschäftigungen den kindlichen Bedürfnissen entsprachen, waren alle begeistert dabei.

»Mist!«

Vicente hatte gerade etwas Tomatensoße auf seine cremefarbene Krawatte und sein weißes Hemd gekleckert. Rosita griff sofort nach einer kleinen Serviette, um sie abzutupfen.

»Aber wirklich, warum musst du dich zum Pizzaessen auch so schick machen?!«

Die Mädchen lachten, und Vicente rechtfertigte sich:

»Wenn man aus dem Haus geht, sollte man immer gut gekleidet sein. Für alle Fälle. Man weiß doch nie, wem man begegnet.«

Da seine Töchter ihn erstaunt ansahen, sagte Vicente:

»Außerdem ist es ein Akt der Höflichkeit gegenüber all den unbekannten Leuten, denen man über den Weg läuft. Damit zeigt man ihnen, dass man sich Mühe gibt, und zwar für sie. Genau wie bei den Tischsitten, die man ja nicht nur für sich selbst beherzigt …«

Dann nahm Vicente seine Krawatte in die Hand und setzte zum Spaß hinzu:

»Die dient nicht nur dazu, sich nicht zu bekleckern … Sie ist vor allem für die anderen Leute am Tisch gedacht.«

Wie vom Himmel gesandt, tauchte der Ober mit zwei *zuppa inglese* auf, der anderen Spezialität des Hauses, um die man sich genauso riss wie um die Pizzen, und beendete den von Vicente erteilten Benimmkurs – gegen den er im Übrigen als Erster verstieß, indem er sich gierig über einen der beiden Nachtische hermachte und ihn geräuschvoll grunzend zur Hälfte verdrückte. Schnell versuchten alle, mit ihrem kleinen Löffel auch ein bisschen *zuppa inglese* zu ergattern, und am Tisch wurde ausgelassen gelacht.

Kaum hatte Vicente seinen Nachtisch verspeist, vertraute er seiner Frau an, er wolle sich, sobald das Geschäft »von alleine« laufe, nach einem guten Lieferanten von Möbeln im New Style umsehen, um sich nicht nur auf den Verkauf der rustikalen Stücke seines Schwiegervaters zu beschränken.

»Aber das leuchtet mir nicht ein. Du hast doch gerade gesagt, sie würden sich immer besser verkaufen.«

»Ja, und ich will auch auf keinen Fall damit aufhören, aber ... aber es wäre eben gut, wenn das Geschäft auch ... Wie soll ich sagen? Noch etwas anderes zu bieten hätte. Wir haben eine gute Lage, viel Laufkundschaft, und Franz ist mir eine riesige Hilfe, ich bin sicher, dass wir noch viel anspruchsvollere Kunden gewinnen können!«

Lächelnd aß Rosita die *zuppa inglese* der Kinder auf. Ihr Vater hatte das Geschäft für Vicente »eröffnet«, damit sie ihren Lebensunterhalt aufbessern konnten, ein großes Geschenk, für das ihm Vicente in seinem Stolz nie richtig gedankt hatte. Aber es gefiel ihr auch, dass Vicente etwas anderes und immer mehr wollte als das, was das Leben (oder ihr Vater) ihm zu bieten hatte. Genau aus diesem Grund, für diese göttliche Größe, für diesen natürlichen Ehrgeiz, der zu ihm gehörte wie der Geiz zum Geizigen, bewunderte sie ihn zutiefst.

»Wie jetzt, *wir müssen* wirklich zur Bar Mitzwa von Esthers Sohn?«

»Ja, nächsten Sonntag. Ich hab dich letzte Woche doch schon zweimal daran erinnert.«

»Ach wirklich, bist du sicher? Was für eine Idee, nach wie vor diese Dinge zu feiern!«

Kaum hatten sie die Pizzeria verlassen und den Weg Richtung Calle Paraná eingeschlagen, rief Rosita ihrem Mann, dessen Standpunkt sie natürlich kannte, diese familiäre Verpflichtung in Erinnerung.

»Warum findest du die Idee denn so abwegig? Es ist doch normal, das zu feiern. Wir sind zwar Argentinier, aber immer auch noch ein bisschen Juden, meinst du nicht?«

»Juden?! Aber wir machen doch überhaupt nichts mehr wie die Juden. Sogar deine Eltern mit ihrem Akzent reden lieber Spanisch als Jiddisch miteinander! Sogar sie tragen keine Kippa mehr! Und sie wissen schon lange nicht mehr, was Gulasch, Borschtsch und Gefilte Fisch sind! Sie essen nur noch Fleisch, Pizza und Nudeln, genau wie wir, wie alle Argentinier!«

Rosita gab diese fruchtlose Diskussion bald auf. Sie hatte oft gedacht, dass sie einen Mann geheiratet hatte, der zwar als Jude auf die Welt gekommen war, aber rasch Pole und später ebenso rasch Argentinier geworden war. Auch dafür liebte sie ihn. Außerdem wusste sie, dass sie mit den Kindern zur Bar Mitzwa des Sohnes ihrer Schwester gehen und Vicente letzten Endes wahrscheinlich doch beschließen würde, mitzukommen.

Während Juan José bereits friedlich in den Armen

seines Vaters schlummerte und Martha und Ercilia glücklich Hand in Hand nach Hause gingen, besprachen Vicente und Rosita weiter ihren Alltag und stritten zärtlich miteinander wie ein Paar, das nichts und niemand zu trennen vermag.

Die Sommerferien verliefen unbeschwert. Vicente, Rosita und die Kinder kehrten aus Piriápolis zurück, und das Leben in Buenos Aires nahm wieder seinen Lauf. Seinen Lauf, ja, was für einen Lauf eigentlich? Seinen ruhigen Lauf? Seinen regelmäßigen, familiären, vertrauten Lauf? Nein, das Leben nahm *unweigerlich* wieder seinen Lauf. Unweigerlich putzte, kochte und bügelte Rosita wieder. Unweigerlich gingen die Mädchen wieder zur Schule. Unweigerlich arbeitete Vicente wieder im Möbelgeschäft. Das Leben nahm unweigerlich wieder seinen Lauf – aber was konnte in jenem März 1941 in Buenos Aires schon vor sich gehen, während aus Europa immer dramatischere Nachrichten kamen?

Im Januar und Februar hatte Vicente in Piriápolis eifrig Zeitung zu lesen begonnen, und die Nachrichten aus Polen verwandelten die Liebe, die er für dieses Land empfunden hatte, in einen tiefen, perfiden, alles durchdringenden Hass, der ihn innerlich allmählich auffraß und den er sich zwar noch nicht vor den anderen, aber immerhin schon vor sich selbst eingestand. Diesen Hass, den er aus noch unerklärlichen Gründen gegen Polen und die Polen hegte (die polnischen Katholiken litten unter der deutschen Besatzung damals ebenso wie die Juden), hegte er mindestens genauso stark gegen Deutschland und die Deutschen. Heutzutage scheint das bei einem polnischen Juden mehr als natürlich. Für ihn war es das jedoch keineswegs. Während seiner letzten Jahre auf dem Gymnasium in Warschau hatte Vicente die deutsche Dichtung lieben gelernt. Nicht nur Goethe, Schiller, Hölderlin, Novalis und Heine, auch Mörike, Nikolaus Lenau und andere zweitrangige Romantiker. 1924 hatte er sogar mit dem Gedanken gespielt, sein Studium in Berlin fortzusetzen. Mit zweiundzwanzig Jahren war Polnisch seine natürliche Sprache, die er den ganzen Tag lang benutzte und perfekt beherrschte, ohne den singenden Akzent wie damals, als sie von Chełm nach Warschau gezogen waren, doch Vicente sprach inzwischen besser Deutsch als Jiddisch, seine eigentliche Muttersprache. In seinem ersten Jahr an der Uni machten sich seine Kommilitonen oft über seine Leidenschaft für die deutsche Sprache und Literatur lustig, und Vicente verteidigte diese Liebe als früherwachte europäische Gesinnung: Zu der Leidenschaft für Deutschland gesellte sich ein freundschaftliches Interesse für Frankreich, Italien, Spanien und England. Er konnte stundenlang über die Merkmale der einzelnen Länder und spezifischen Kulturen diskutieren. Doch im Grunde seines Herzens blieb Polen sein Vaterland und Deutschland ein mögliches Paradies.

Seit jenem traurigen März 1941 sollte Vicente einen doppelten Hass auf sich selbst empfinden: Er hasste sich dafür, dass er sich wie ein Pole fühlte, noch mehr aber dafür, dass er einmal Deutscher hatte sein wollen. Er sollte einen doppelten Hass auf sich selbst empfinden, dem auch die Tatsache, sich als Jude zu fühlen, nicht beikommen konnte. »Weshalb war ich bis heute Kind, Erwachsener, Pole, Soldat, Offizier, Student, Ehemann, Vater, Argentinier, Möbelverkäufer, aber niemals Jude? Weshalb bin ich nie so sehr Jude gewesen wie heute – wo ich gar nichts anderes mehr bin?« Wie alle Juden hatte Vicente geglaubt, vieles zu sein, bis die Nazis ihm zeigten, dass ihn tatsächlich nur eines charakterisierte: sein Jüdischsein. In Warschau hatte Vicente einem aufgeklärten Bürgertum angehört, das nicht mehr jüdisch sein wollte, wenn darunter zu verstehen war, dass man ständig in Schwarz gekleidet und um einiges archaischer daherkam als sein Nachbar. Jüdisch zu sein war für ihn noch nie sonderlich wichtig gewesen. Und doch war es plötzlich das

Einzige, was zählte. »Aber warum bin ich Jude? Warum bin ich heute nur noch das? Warum kann ich nicht Jude sein und gleichzeitig all das, was ich vorher gewesen bin?«

Mit am schlimmsten am Antisemitismus ist die Tatsache, dass die Juden sich zwangsläufig als Juden zu fühlen haben, dass man sie auf eine Identität jenseits ihres Willens festlegt und kurzerhand für sie beschließt, wer sie wirklich sind. Vicente hatte nicht das Gefühl, dass man ihm etwas gegeben, dass man seinen Geist geöffnet oder ihn darüber aufgeklärt hätte, wer oder was er war. Er sagte sich nicht: Wenigstens weiß ich jetzt, dass ich Jude bin! Wie viele Juden verstand Vicente allmählich, dass der Antisemitismus Semiten braucht, um existieren zu können, er begriff allmählich, dass ein Antisemit, der sich als solcher definiert, nicht dulden kann, dass ein Semit sich nicht selbst so definiert.

Nicht von ungefähr hatte das Problem, wie genau dieses »Jüdischsein« zu verstehen sei, der Naziverwaltung jahrelang ungeahntes Kopfzerbrechen bereitet. Und nicht von ungefähr hatte sich dieses Problem nie vollständig lösen lassen. Ist ein nicht-gläubiger Jude genauso jüdisch wie ein gläubiger? Ist ein Jude, der nicht nur jüdische Eltern und Großeltern hat, wirklich Jude? Muss man eine »dritte Rasse« gelten lassen, oder sind »jüdische Mischlinge«, »Vierteljuden« und »Halb- oder Dreivierteljuden« ebenso schädlich wie »Volljuden«? Und was ist mit einem Juden, der nicht jüdisch aussieht, der kein durchtriebenes Gesicht, keine schwarzen Haare und keine Hakennase hat? Was mit denjenigen, die zum Christentum konvertiert sind, oder mit denen, die eine Deutsche geheiratet haben beziehungsweise mit Jüdinnen, die einen Deutschen geheiratet haben? Die Tatsache, nie wirklich zu wissen, was genau unter dieser Eigenschaft oder – wie ein Antisemit (oder ein Jude mit Humor) es formulieren würde, unter diesem Makel – zu verstehen war, sollte die Naziverwaltung indes nicht daran hindern, die Juden zu enteignen, zusammenzuscharen und auf ihre Deportation und Vernichtung zu sinnen.

Es ist schwierig, genau zu verstehen, warum die deutschen Antisemiten zu diesem Zeitpunkt der Geschichte die Juden im Hinblick auf ihr Jüdischsein nicht nur definieren, enteignen, zusammenscharen und deportieren, sondern auch vernichten wollten. Doch unbestritten wollten die Nazis die Juden nicht deshalb töten, weil sie polnisch, alt, unnütz, blond, verheiratet oder ledig waren, weil sie hinkten oder Mundgeruch hatten: Sie töteten sie, weil sie Juden waren. Dank derer, die auf ihre Vernichtung sannen, war das Jüdischsein im Jahr 1941 die entscheidende Daseinsbedingung für Millionen Menschen, die, wie Vicente, dieser Charakterisierung, jener halb-religiösen, halb-ethnischen und zu Dreiviertel völlig absurden Zugehörigkeit bisher keine Bedeutung beigemessen hatten. 1941 war das Jüdischsein zu einer Selbstdefinition geworden, die alle anderen Definitionen ausschloss, zur einzig möglichen Identität, die Millionen von Menschen determinierte – und nicht zuletzt exterminierte.

Vicente ging inzwischen freitags, manchmal auch samstags wieder ins Tortoni. Nach Ladenschluss traf er dort seine Freunde. Und die Gespräche mit Sammy und Ariel drehten sich jetzt immer um das Thema, das er bis zum Sommer konsequent vermieden hatte: die Lage in Europa. Im März 1941 hatte ihm ein Freund von Ariel, François Martin – ein nach Buenos Aires ausgewanderter Franzose, der im Außenministerium gearbeitet hatte, bis Staatspräsident Albert Lebrun Marschall Pétain zum neuen Regierungschef ernannte –, von der (mittlerweile verworfenen) Marotte der Nazis erzählt, jährlich eine Million Juden nach Madagaskar schicken zu wollen. Hinter diesem Projekt, dem von den Deutschen im Mai und Juni 1940 erarbeiteten *Madagaskarplan*, stand die Idee, sich die Insel von Frankreich abtreten zu lassen und die Juden dort in ein Ghetto zu verfrachten, in ein Judenreservat unter der Führung eines SS-Gouverneurs mit Einwohnern, die als Geiseln das gute Benehmen ihrer Kameraden in Amerika gewährleisten sollten. So wie die Nazis Frankreich ihre Idee »schmackhaft« zu machen versuchten, konnte man allerdings glauben, und das schien auch François Martin zu tun, dass sie dort lediglich einen jüdischen Staat errichten wollten.

»Was die Deutschen da vorhaben, unterscheidet sich ja nicht besonders von dem, was dein Cousin Alejo in Palästina plant ...«

»Ja, Sammy, aber mein Cousin und seine Freunde von *La idea sionista* wollen, dass wir alle nach Palästina auswandern und glücklich dort zusammenleben. Ich bin mir nicht sicher, dass die Nazis diese Einstellung teilen.«

»Na ja, vielleicht, keine Ahnung. Ich jedenfalls wüsste nicht, was ich im tiefsten Afrika sollte, schon gar nicht mit Leuten wie euch!«

Ariel lächelte und nahm den Gesprächsfaden wieder auf:

»Ich würde auch nie in einem Land mit lauter Juden leben wollen. Aber das Problem liegt doch woanders. Allein die Vorstellung ist lächerlich. Es ist einfach absurd, uns so definieren zu wollen! Technisch gesehen sind wir Juden. Aber praktisch gesehen nicht. Dass unsere Mütter jüdisch sind, heißt für manche von uns, dass wir es auch sind, aber auf viele andere trifft es gar nicht zu. Stell dir doch vor, wie lächerlich diese Definition ist: Wenn ich eine Goj heirate, sind meine Kinder keine Juden, wenn sie aber später eine Jüdin heiraten, können sie noch so gojisch sein, meine Enkel sind trotzdem jüdisch! Ist das nicht komplett hirnrissig?«

Wie immer vertrat Ariel diesbezüglich einen klaren Standpunkt.

»Und dann?«, fragte Sammy.

»Das war's schon. Aber das ist doch absolut haarsträubend. Ja, einfach ungeheuerlich!«

»Ich sehe nicht recht, was … außer vielleicht der Gedanke an die arme Frau, die dich heiraten würde!«

»Sehr lustig! Das Ungeheuerliche daran ist, dass du als Sohn einer französischen oder einer italienischen oder einer spanischen Mutter nicht unbedingt Franzose, Italiener oder Spanier bist, oder? Aber als Sohn einer Jüdin bist du für manche, ob du willst oder nicht, zwangsläufig Jude.«

Sammy hatte sich bisher keine großen Fragen zu seiner Identität gestellt. Er akzeptierte sie, ohne recht zu wissen, worin sie bestand. Ariel hingegen hatte schon immer allergisch auf jede Bemerkung zu seiner Person reagiert. Erst recht also, wenn man ihm sagte, was er zwangsläufig und bis in alle Ewigkeit zu sein hatte …

Die drei Männer standen an einem der Billardtische im Hinterraum. Ariel und Sammy hielten einen Queue in der Hand, während Vicente, an die Wand gelehnt, gründlich und mechanisch seine Hutkrempe glättete.

»Und du, Wincenty? Was hältst du davon?«

»Ich weiß nicht … Komischerweise fühle ich mich in letzter Zeit immer mehr als Jude, obwohl ich mir darunter nichts Richtiges vorstellen kann.«

Sammy, dem gerade eine Karambolage geglückt war, drehte sich neugierig zu ihm um. Ariel wiederum sah ihn wohlwollend an und wartete auf die Fortsetzung. Doch nach diesen rätselhaften Worten schwieg Vicente, wie so oft in letzter Zeit.

»Du fühlst dich immer mehr als Jude? Was genau meinst du damit?«

»Erinnerst du dich an Pawel, bei der Armee?«

Ariel nickte. Und Vicente wandte sich erklärend an Sammy.

»Pawel hatte eine jüdische Mutter und einen christlichen Vater. Er fand das immer merkwürdig, denn wenn man ihn fragte, ob er Christ sei, sagte er einfach nein, aber wenn man ihn fragte, ob er Jude sei, sagte er ebenfalls nein, fühlte sich aber unwohl dabei.«

Vicente machte erneut eine kleine Pause, so als wartete er, dass seine Freunde ihm seinen Standpunkt zu verdeutlichen halfen. Doch Sammy lächelte nur und umrundete den Tisch, um seinen nächsten Stoß auszuführen, Ariel steckte sich eine Zigarette an und wartete, dass Vicente weitersprach. Vicente sah zu seinem Freund und führte plötzlich, wie berauscht von den Sätzen in seinem Kopf, mit einer merkwürdigen Stimme überschwänglich seine Theorie aus:

»Vielleicht ist genau das der Unterschied. Als Christ gehört man gewissermaßen zu einer Meute, wo es allen egal ist, was man empfindet, während man als Jude eine gemeinsame Herkunft akzeptieren muss, mit der man trotzdem unglücklich und einsam ist. So als wäre die jüdische Herkunft ein großer Koffer, den wir unser Leben lang mitschleppen müssen. Ein großer Koffer voller alter, unleserlicher Manuskripte ... unleserlich und dazu noch in einer Sprache geschrieben, die wir nicht einmal sprechen! Als wäre das Jüdischsein, weil es keine Nationalität ist und wir kein eigenes Gebiet haben, ein ... besonders schweres ... ein besonders großes Erbe. Als hätten wir uns durch die Geburt in fremden Gebieten davon überzeugen wollen, dass das Gebiet keine Rolle spielt und wir durch etwas Größeres definiert werden – etwas Größeres, das jedoch viel beschwerlicher ist, etwas Unerschütterliches, das unsere Identität unabwendbar und unwiderruflich macht. Und das sich gleichzeitig absolut nicht teilen lässt.«

Sammy hatte wieder zu spielen aufgehört. Wie Ariel sah er Vicente an, verblüfft über die hervorsprudelnden Wortkaskaden. Vicente, zunehmend erhitzter und verzweifelter, war den Tränen nahe, als er fortfuhr:

»Und diese unglaubliche, schmerzliche Identität, die ebenso absurd wie unumstritten ist, hat auch etwas Wunderbares … Ein Volk ohne Staat, das überlebt wie eine wirkliche Gemeinschaft, aber eine Gemeinschaft, die sich nicht auf irgendwelche Könige, auf eine Sprache, auf ein gemeinsames Land oder auf gemeinsam ausgefochtene Kriege gründet … auch auf keinen Gott, weil daran niemand mehr glaubt … nur auf ein paar Bücher und auf ein paar entfernte Erinnerungen …«

»Und auch auf die dämliche Vorstellung, dass wir von jemandem auserwählt worden sind, oder nicht? Auf die Vorstellung, dass Gott uns für etwas ausersehen hat. Auch wenn niemand genau weiß, wofür.«

Mit fiebrigem Blick legte Vicente Ariel beide Hände auf den Arm.

»Ja, ja, genau! Genau das ist es! Wir sind anders. Anders als alles andere und anders als alle anderen. Wir sind schlechthin anders. Das ist das Einzige, was zählt. Wir sind das einzige Volk ohne Armee und ohne Staat. Wir sind auserwählt worden, aber wir haben nie erfahren, wofür. Wir sind nur auserwählt worden, um uns die Frage nach unserem Auserwähltsein zu stellen! Genau! Wir sind Juden. Ich bin Jude. Aber wir wissen nicht, was das bedeutet. Nicht einmal ansatzweise! Und das Schönste und Traurigste zugleich ist, dass wir uns das immer fragen und nie wirklich wissen werden.«

Vicente sah seinen Freund unverwandt an. Seine Augen glühten so, dass Ariel, erschrocken über seinen Überschwang, eine besänftigende Geste machte. Schließlich holte ihn Sammy mit einem kurzen, befreienden Auflachen aus seiner nervlichen Überreiztheit. Vicente lächelte – und fing sich wieder. Er steckte sich eine Commander an und fuhr mit brüchiger Stimme zögerlich fort:

»Und … ich weiß nicht … ich glaube … heute glaube ich, dass wir … auch wenn das schön und traurig zugleich ist, doch stolz darauf sein dürfen.«

Vicente ließ den Arm seines Jugendfreundes los, doch Ariel hatte ihm, belustigt von diesem Paukenschlag, seine Bärenpranke um die Schultern gelegt und drückte ihn an sich. Sammy sah sie lächelnd an:

»Aber was soll aus uns werden, wenn es ihnen gelingt, alle Juden nach Magadaskar zu schicken? Wodurch unterscheiden wir uns dann noch von allen anderen? Wenn wir ein eigenes Land haben, sind wir doch wie sie, oder?«

»Nach Ma-da-gaskar«, verbesserte Ariel ihn.

»Wenn es ihnen gelingt, müssen wir uns ändern. Dann müssen wir lernen, Jude zu sein, so wie man Pole oder Russe ist. Oder Argentinier. So wie man vieles ist, das letztlich nichts bedeutet. Vieles, das keine Rolle spielt, das einfach vergeht wie die Jahreszeiten …«

Nach diesen einlenkenden Worten lächelte Vicente sein gewohntes feines Lächeln, um Sammy zum Weiterreden zu animieren.

»Ich bin ganz deiner Meinung. Ich habe mich immer als Russe gefühlt, ich war mir sicher, Russe zu sein … und dann war ich mir ein halbes Jahr nach unserer Ankunft hier auf einmal ebenso sicher, nicht mehr Russe, sondern Argentinier zu sein. Das ist wie beim Fußball: Als mein Vater am Anfang diese kleine Wohnung in Nuñez aufgetrieben hatte, war ich River-Fan. Aber inzwischen verteidige ich das blau-gelbe Trikot von Boca mit Löwenklauen.«

Vicente dankte ihm mit einem Kopfnicken und wandte sich an Ariel:

»Und du?«

»Ich bin auch deiner Meinung. Ich bin mir genauso unsicher: Jude? Nicht Jude? Das kommt darauf an, ob meine Mutter in der Gegend ist! … Madagaskar muss allerdings ohne mich stattfinden. Das ist wie bei einer

Party: Die, bei der man nicht eingeladen ist, scheint sofort viel verlockender.«

Die drei Freunde bestellten jeweils einen Gin nach, Ariel und Sammy spielten inzwischen wieder Billard, während Vicente seine Zigarette zu Ende rauchte. Ariel verpatzte seinen Stoß, und Sammy gewann die Partie, nachdem ihm drei Karambolagen in Folge geglückt waren. Ariel gab ihm die dreißig Pesos, die sie gewettet hatten, und ergriff erneut das Wort:

»Früher, in Griechenland und sogar in Rom, war es dem Willen der Götter zuzuschreiben, wenn man verlor. Und bei den Christen hieß es später, sie seien von Gott im Stich gelassen worden. Wir Juden verlieren immer wegen der anderen. Immer sind die anderen schuld. An allem. Aber wenn immer die anderen an allem schuld sind, beweisen wir uns selbst, wie einmalig wir sind. Dass wir tatsächlich auserwählt sind, weil niemand so viel leidet wie wir! Und so viel denkt! Im Grunde haben sie es deshalb alle auf uns abgesehen, sie sind neidisch, sie sind eifersüchtig auf unser Leid. Sie wollen uns demütigen, weil wir die Unglücklichsten sind, weil wir so ›außerordentlich verzweifelt‹ sind.«

Vicente sah Ariel liebevoll an und schloss mit folgenden Worten:

»Das stimmt. Unser Glück ist das Ergebnis eines gigantischen Unglücks.«

Wincenty, mein Wincenty, mein liebes Herz, mein Kind,

hier ist alles schwierig geworden. In den letzten Monaten sind viele Nachbarn aus dem Haus gestorben. Berl behandelt die Leute für ein paar Złotys, aber die meisten können gar nicht mehr bezahlen. Wir wissen nicht, was aus uns werden soll. Shlomo hilft uns gelegentlich ein bisschen, aber selbst für ihn ist alles schwieriger geworden. Die Deutschen reden nicht mehr mit uns, sie behandeln uns wie Tiere. Auf der Straße verhungern die Leute, aber es bleibt niemand mehr vor den Leichen stehen. Gestern habe ich aus dem Fenster eine Frau gesehen, die auf dem Bürgersteig auf und ab lief. Stundenlang, mit ihrem toten Kind auf dem Arm. Sie weinte und sie schrie, und sie drückte ihr totes Kind an sich und streckte es den Passanten entgegen, Hunderten, Tausenden von Passanten. Und niemand sah sie. Niemand. Niemand sah ihr totes Kind. Es war, als ob es gar nicht existierte. Zum Glück bist Du weit weg, mein geliebter Wincenty. Und zum Glück konnte Deine Schwester rechtzeitig nach Russland gehen.

Deine Mutter, die immer an Dich denkt

Vicente erhielt diesen am 6. September 1941 im Warschauer Ghetto abgestempelten Brief am Morgen des

13. Oktober. Nachdem er seine Töchter zur Schule gebracht hatte, traf er auf den Briefträger, ging nach oben und las, während Rosita langsam die Kinderkleider bügelte und Juan José in seinem kleinen Laufstall spielte. Als er fertiggelesen hatte, verlor sich sein Blick in der unergründlichen Tiefe jenseits der Wände ihrer kleinen Wohnung. Rosita bemerkte seine bedrückte Stimmung sofort und fragte vorsichtig, während sie den winzigen Schlafanzug ihres Sohnes bügelte, was seine Mutter zu »erzählen« habe.

»Sag schon … Was erzählt sie denn?«

›Was erzählt sie denn?‹ Vicente sah Rosita lange an, ohne ein Wort zu sagen. Dann reichte er ihr den Brief. Rosita lächelte traurig und rügte ihn zärtlich:

»Du weißt doch, dass ich kein Polnisch kann …«

Vicente betrachtete seine Frau. Von ihrem Wohlwollen oder Mitleid gerührt, entschuldigte er sich. Dann sagte er ihr, wovon in dem Brief seiner Mutter die Rede war. Er sagte es langsam und leise, als spräche er über das morgige oder vielmehr über das gestrige Wetter, also über etwas Nebensächliches und Unabwendbares zugleich. Es kam ihm nur schwer über die Lippen, dass in Warschau alles immer schwieriger wurde. Dass seine Mutter glücklich war, ihn in Buenos Aires und seine Schwester in Russland zu wissen. Dass seine Mutter und sein Bruder noch am Leben waren. All das kam ihm nur schwer über die Lippen. Unendlich schwer: Es kostete ihn eine ungeheure Anstrengung, Wörter aneinanderzureihen, Sätze zu bilden und sie seiner Frau preiszugeben.

Als Vicente ihr, noch immer mit ungeheurer Anstrengung und noch immer mit der gleichen eintönigen Stimme, von der schreienden Frau mit dem toten Kind im Arm erzählte, hörte Rosita zu bügeln auf und trat zu ihrem Mann. Vicente saß da, der Umschlag war ihm längst aus der Hand geglitten. Rosita stand neben ihm, nahm seinen Kopf und drückte ihn an sich.

Am selben Tag, zwölftausendfünfhundert Kilometer von Buenos Aires entfernt, traf sich der Reichsführer Heinrich Himmler unweit von Königsberg, in der kleinen Stadt Rastenburg in der Nähe der Wolfsschanze des Führers, mit dem SS- und Polizeiführer im Generalgouvernement, Friedrich-Wilhelm Krüger, und dem SS- und Polizeiführer des Distrikts Lublin, Odilo Globocnik. Die drei Männer kannten einander, sie waren sich bereits in Berlin begegnet sowie in Lublin, wo Himmler sich oft aufhielt. Sie hatten gemeinsam erörtert, was damals noch als »territoriale Lösung« der Judenfrage bezeichnet wurde: das Vorhaben, die europäischen Juden nicht mehr nach Madagaskar, sondern in den Osten abzuschieben. Krüger hatte sich bereits um die Folgen und technischen

Einzelheiten Gedanken gemacht, während Globocnik sich vor allem für die praktische Umsetzung begeisterte. Doch erst an jenem Tag, dem 13. Oktober 1941, diskutierten sie alle drei zwei Stunden lang über das, was in das erste institutionell verankerte und industrialisierte Massaker der Menschheitsgeschichte münden sollte.

Seit den Anfängen des Nationalsozialismus konnte sich die deutsche Bürokratie auf diverse Präzedenzfälle und bewährte Rezepte der Christenheit berufen. Ihre Beamten griffen nach Belieben auf einen breiten von Staat und Kirche angelegten Erfahrungsvorrat zurück. In den eintausendfünfhundert Jahren, die seit der Erhebung des Christentums zur Staatsreligion vergangen waren, hatte sich ein an Schlüssigkeit kaum zu überbietender Diskurs ausgebildet: Nachdem man den Juden zunächst bedeutet hatte »Ihr habt nicht das Recht, unter uns zu leben, wenn ihr Juden bleibt«, hieß es später »Ihr habt nicht das Recht, unter uns zu leben« und schließlich »Ihr habt nicht das Recht, zu leben«. Bereits im Januar 1939 hatte Hitler seine »Prophezeiung« von der vollständigen Vernichtung der jüdischen Rasse in Europa öffentlich geäußert. Aber erst im Frühsommer des Jahres 1941 sollte das in den kommenden vier Jahren durchgeführte Massaker durch eine Reihe in Berlin getroffener Entscheidungen Kontur annehmen. In der Joseph Goebbels anvertrauten Überzeugung, dass »der Krieg im Osten so gut wie gewonnen sei und sich die Bolschwiken nie von den ihnen zugefügten Niederlagen erholen würden«, hatte Hitler Anfang Juli verkündet, er wolle *sämtliche* Juden aus den von Deutschland besetzten Gebieten in polnische Arbeitslager und, nach vollendeter Eroberung, noch weiter östlich, in die Sowjetunion, deportieren lassen. Von den ersten Siegen beflügelt, schwärmte Hitler vom Generalgouvernement als einem arischen Paradies und wollte es zu einem »Garten Eden machen«. Die Nazis hatten bereits Tausende von Juden ermordet, und sie mordeten weiter. Sie ließen sie in den Ghettos an Hunger oder Krankheiten verenden, töteten die Arbeitsfähigen auf schleichende Weise durch Arbeit und erschossen die Arbeitsunfähigen, sobald die Züge in den Lagern eingetroffen waren. Doch im September 1941 sahen sie ein, dass ihre Erschießungsmethode für die programmierte Vernichtung von Millionen Menschen ungeeignet war. Und zwar gleich aus zwei Gründen: Zum einen setzten die kaltblütigen Judenmorde den Soldaten psychisch zu, zum anderen war die Munition zu kostspielig. Bis Anfang August fehlte eine koordinierte Planung, es gab weder konkrete Vorstellungen zu den Zahlen noch zu dem zeitlichen Rahmen oder den Tötungsorten. Im Spätsommer wurde Obersturmbannführer Adolf Eichmann ins Büro seines Vorgesetzten Reinhard Heydrich, des Chefs des Reichssicherheitshauptamtes, zitiert, der ihm Folgendes verkündete: »Der Führer hat nunmehr die physische Vernichtung der Juden angeordnet.« Doch die eigentliche Entscheidung für eine radikale neue Tötungsart, der Vernichtung im industriellen Maßstab, fiel erst Anfang Oktober. Goebbels zufolge versetzte dieser Entschluss Hitler in beste Laune. So zumindest beschrieb er es nach einem Gespräch mit ihm am 4. Oktober: »Er ist von bestem Aussehen, befindet sich in einer übersprudelnd optimistischen Laune. Er strahlt förmlich Optimismus aus.«

Neun Tage später, am 13. Oktober 1941, am selben Tag, an dem Vicente den Brief von seiner Mutter bekam, als der Herbst den Himmel schon mit Grau überzogen hatte und ein strenger Winter drohte, als eine erste schmutzige Schneeschicht die Dächer und gepflasterten Straßen bestäubte, setzte Himmler in Rastenburg, in einem Raum der teutonischen Ritterburg beim Cognac oder aber beim Mittagessen in einem jener düsteren Lokale der Innenstadt mit viel schmierigem, nach Bier riechendem Holz, Krüger und Globocnik von der »historischen Entscheidung« Hitlers in Kenntnis. Er sagte ihnen, dass die seit Anfang des Sommers im Kopf des Führers keimende Idee – die endgültige Vernichtung aller Juden – nun endlich ausgeführt werden solle. Himmler wusste, dass Krüger und vor allem Globocnik, mit dem er am 20. Juli in Lublin gesprochen hatte, ungeduldig auf eine solche Entscheidung warteten. Und er lächelte, als Globocnik unmittelbar mit Plänen von, wie er sagte, »enormer« Tragweite aufwartete, die ein Lager mit Gaskammern in Bełżec umfassten. Himmler gab sein grundsätzliches Einverständnis und billigte die Wahl des Ortes in der Nähe von Schienenwegen und Grenzbefestigungen mit Anti-Panzergraben, in denen die Körper verscharrt werden könnten. Zwei Wochen später begannen polnische Arbeiter mit dem Bau jenes Lagers, das zum ersten Vernichtungslager werden sollte. Die Entscheidung war gefallen, ihre Umsetzung angelaufen: Aus der »territorialen« Lösung war die »Endlösung« geworden.

Natürlich hatte Vicente von alldem keine Vorstellung. Er wusste nicht, dass die Deutschen mit dem Bau von Vernichtungslagern begonnen hatten und ahnte trotz des Schreibens seiner Mutter nichts von den tatsächlichen Lebensbedingungen im Warschauer Ghetto. Ebenso wenig, dass die Nazis die Juden im Ghetto »einfach« umbrachten, indem sie Seuchen wie

Typhus und Tuberkulose grassieren ließen und sie systematisch aushungerten. Später würde er Bescheid wissen. Er würde wissen, dass ein Jude im Ghetto 1941 am Tag durchschnittlich 180 Kalorien verzehrte, sprich 15 Prozent des Notbedarfs, und dass auf das unbefugte Verlassen des Ghettos, das vor wenigen Monaten noch eine Geldbuße von tausend Złotys und eine dreimonatige Gefängnisstrafe nach sich gezogen hatte, inzwischen die Todesstrafe stand.

Nachdem er Rosita gesagt hatte, was der Brief seiner Mutter enthielt, schwieg Vicente. Für einen kurzen Augenblick ließ er sich von ihrer Zärtlichkeit trösten, dann erhob er sich. Er nahm seine Jacke, griff nach seinem Hut und ging zur Wohnungstür. Rosita trat abermals auf ihn zu und schloss ihn abermals in die Arme. Vicente ließ diese erneute Geste der Zuneigung geschehen. Dann, noch immer ohne ein Wort, streifte er seine Frau mit einem Lächeln, seinen Sohn mit einem Blick und verließ die Wohnung. »Was sind schon Worte? Wozu dienen sie? Warum soll ich versuchen ihr zu sagen, was ich mir nicht einmal selbst sagen kann? Ich müsste ihr die ganze Geschichte erzählen. Von Anfang an. Seit meinem Aufbruch aus Warschau. Oder seitdem wir aus Chełm weggegangen sind, als ich zwölf war. Aber wie soll ich ihr das alles erzählen? Wie soll ich es ihr jetzt erzählen? Jetzt, nachdem ich ihr die ganzen Jahre über nie etwas erzählt habe? Warum habe ich bisher nie das Bedürfnis verspürt, ihr von meiner Vergangenheit zu berichten? Warum habe ich ihr nie gesagt, wie sehr ich mich als Pole gefühlt habe? Wie sehr ich Deutscher sein wollte? Warum habe ich ihr nie von der Universität erzählt, von Warschau? Von meiner Scham, als sich diese polnischen Studenten zum ersten Mal über mich lustig gemacht haben, weil ich Jude war? Warum habe ich ihr nie gesagt, dass die Scham so viel stärker war als die Wut? Und als ich ihr gesagt habe, dass ich meine Familie retten, dass ich genug Geld verdienen wolle, um meine Mutter und meinen Bruder und meine Schwester aus Polen nach Buenos Aires zu holen, warum habe ich ihr selbst dann nicht gesagt, wovor ich ihnen die Flucht ermöglichen wollte? Warum habe ich ihr nie gesagt, wie erleichtert ich war, mich von meiner Mutter, von meinem großen Bruder und von meiner großen Schwester trennen zu können? Warum habe ich ihr nie gesagt, dass ich meine Mutter manchmal retten wollte – manchmal aber auch nicht? Und sie, warum hatte sie nie das Bedürfnis, mir zu erzählen, wie ihre Mutter und ihr Vater vor den Pogromen geflohen waren? Warum haben wir es nie vermocht, über die Vergangenheit zu sprechen, seit wir uns kennen? Wie haben wir all die Jahre zusammenleben können, als gäbe es gar keine Vergangenheit? Als zählten allein die Gegenwart und die Zukunft? Und jetzt, jetzt, wo ich es ihr sagen sollte, jetzt, wo ich mit den Kindern reden, wo ich meinen Hass und meine Angst herausschreien sollte, jetzt, wo ich weiß, was dort vor sich geht, und dass es mir vermutlich nie gelingen wird, meine Mutter und meinen Bruder nach Buenos Aires zu holen, jetzt, wo ich weiß, dass ich nie jemanden retten werde, wo mir alles sinnlos vorkommt, wo nur noch eine unermessliche Leere vor mir liegt, habe ich jetzt das Recht, es ihnen zu sagen? Habe ich das Recht, mein Leid mit ihnen zu teilen? Darf ich ihnen jetzt, wo ich weiß, dass dieses Gift tödlich ist, den Becher reichen und sie zum Trinken auffordern, um meinen Schmerz zu stillen?«

Seit er auf der Straße stand, hatte Vicente das Gefühl, sein Kopf würde explodieren. In ihm überschlugen sich die Wörter und bildeten manchmal Sätze, die er verstand, und Gedanken, denen er folgen konnte, meist aber stritten sie miteinander und stürzten entkräftet auf den Bürgersteig, wo sie kleine dunkle Flecken bildeten wie Kakerlaken, die sich unter den hellen oder grünlichen Taubenkot mischten. Vicente betrachtete im Gehen all die toten, kläglichen, erbärmlichen Wörter und dachte, damit müsse nun endlich Schluss sein, ein für alle Mal, Schluss mit dem Sprechen – mit dem Denken. Doch noch während er das dachte, entstanden in seinem Kopf neue Sätze, Sätze, die sich vielleicht mit einem anderen Sinn füllen ließen. Und er ging weiter, und er dachte weiter – und wieder schienen ihm alle Wörter unerträglich.

Angeblich soll Firulete zu neunzig Prozent sicher sein. Chelo, der Cousin von Flaco Gomez, der bei den O'Neills arbeitet, hat das vom Jockey höchstpersönlich.«

Vicente, der sich nach Ariels und Sammys freundschaftlicher Wärme sehnte, ging inzwischen nicht mehr nur freitags und samstags ins Tortoni, sondern auch an allen anderen Wochentagen. Er saß stundenlang bei ihnen und genoss ihre Gesellschaft, gab meistens jedoch kein Wort von sich.

»Oder wir wetten auf Acosta, der auf der Neun startet! Oder auf die Zwölf, da haben wir Darko, aber der hat natürlich ...«

Sammy, gewohnt aufgekratzt und gesprächig, redete in einem fort und starrte auf die Turf-Tipps im Sportteil von *Crítica*. Während Sammy sprach, sah Ariel zu Vicente, der mit seinem kleinen Löffel einen Zuckerwürfel um die Tasse bugsierte. In den Wochen nach dem Brief seiner Mutter hatte Vicente auf einen weiteren Brief gewartet. Er hatte fieberhaft das Eintreffen eines neuen Schreibens herbeigesehnt. Herbeigesehnt – und gefürchtet. Er bereute es entsetzlich, zwei, drei, fünf Jahre zuvor nicht eingehender insistiert zu haben, als er seiner Mutter geschrieben hatte, sie solle nach Buenos Aires kommen, sie müsse seinen Bruder, seine Schwester und deren Ehepartner überzeugen, gemeinsam nach Buenos Aires zu kommen.

Bei seiner Ankunft in Argentinien und während der 1930er Jahre, während all der finsteren Jahre, in denen Europa dem Faschismus und dem Antisemitismus erlegen war, hatte Vicente trotz der gelegentlichen Erleichterung über die Distanz zu seiner Mutter wirklich geglaubt, dass er seine Familie retten könne, falls Polen ein Unheil zustoßen sollte. Nun aber geschah etwas, das schlimmer war als alles, was er sich je ausgemalt hatte – und ihm waren die Hände gebunden.

Im November und Dezember 1941 sowie im darauffolgenden halben Jahr, genauer gesagt bis zum 16. Juli 1942, war Vicente ein eifriger Zeitungsleser geblieben. Dabei hatte er nach Anhaltspunkten, Schlüsseln und Spuren gesucht, die ihm zu verstehen halfen, was in dem Land, das er einmal als sein Vaterland betrachtet hatte, vor sich ging. Hin und wieder sprachen die Zeitungen von Umsiedlungen, erwähnten Ghettos und Arbeitslager, doch die Informationen blieben stets unklar. Meist waren die Nachrichten lückenhaft, immer folgte ihnen ein »vielleicht«, ein »angeblich« oder ein »vermutlich«, die etwas Harmloseres suggerierten als das, was tatsächlich vor sich ging. Der alarmierendste Artikel war am 18. Februar 1941 in *La Nación* erschienen. Er bezog sich auf Äußerungen von Anthony Eden, die keinen Zweifel am Schicksal der Juden in Deutschland und in den von den Nazis besetzten Gebieten ließen. Der britische Außenminister sprach von Ghettos, Deportationen und massiven Vernichtungsaktionen. Seine Stellungnahmen waren jedoch von anderen Politikern oder Beobachtern nicht untermauert worden und im permanenten, unbeständigen Getöse des Tagesgeschehens untergegangen.

Wie viele andere Leser wurde Vicente von den Zeitungen mit Wissen versorgt – und in Unwissenheit gehalten. In Unwissenheit darüber zum Beispiel, dass die erste Operation zur Judenvernichtung – das Entsenden kleiner Einsatzgruppen, die parallel zum Vorrücken der Wehrmacht die jüdische Bevölkerung ausrotten sollten – bereits begonnen hatte. In Unwissenheit darüber, dass diese »Einsatzgruppen«, die Sonder- und Einsatzkommandos, an der gesamten Ostfront ihre »kleinen Massaker« begingen: dreihunderttausendfünfundvierzig Juden hier, achttausend Juden dort und woanders noch einmal dreiunddreißigtausendsiebenhundertelf Juden – insgesamt zwischen einer Million und anderthalb Millionen Menschen. Die bevorzugte Hinrichtungsmethode war die Massenerschießung, gelegentlich kam aber auch ein effizienteres Mittel zur Anwendung: In einer Scheune wurden sämtliche Juden aus einem Dorf oder einer Kleinstadt zusammengepfercht und in die Luft gejagt. Und wenn die deutschen Soldaten alle jüdischen Männer getötet hatten und davor zurückscheuten, auch noch die Frauen und Kinder zu ermorden, konnten sie auf die Unterstützung der örtlichen Milizen und Polizeieinheiten sowie der »Volksdeutschen« zählen.

Das alles hätte Vicente Rosenberg Ende 1941, Anfang 1942 wissen können, *aber nicht hatte wissen können.* Weil die Zeitungen eine unklare Version der Gräueltaten vermittelten, die Tausende von Menschen begingen, während Tausende anderer Menschen wegschauten. Die Zeitungen sprachen nicht über dieses Grauen, auch die Leute nicht. So wie die meisten Argentinier vierzig Jahre später in Buenos Aires nicht sehen wollten, dass die Militärdiktatur für Tausende von Verschwundenen verantwortlich war, zogen es die Menschen in Deutschland, in Polen, in der Tschechoslowakei, in Ungarn, in Rumänien, in den baltischen Ländern, auf der Krim, in der Ukraine, in Russland und überall auf der Welt vor, nichts zu sagen und nichts zu wissen. Alle zogen es vor, aus einem einfachen, zeitlosen Grund nicht über dieses Grauen zu sprechen: *Das pure Grauen mancher Ereignisse ermöglicht uns immer, ihnen zunächst keine Beachtung zu schenken.*

Der Brief seiner Mutter hatte Vicente plötzlich die Augen geöffnet. Weder endgültig noch vollständig, aber doch genug, um etwas zu begreifen, das weit jenseits dessen lag, was er sich bisher vorgestellt hatte, etwas viel Ungeheuerlicheres als all die aneinandergereihten Sätze preisgaben. Beim Lesen hatte Vicente ein undeutliches Gefühl empfunden, hatte verschwommene Zeichen gesehen, geheime, unaussprechliche Wörter, die sich hinter den scheinbar einfachen Wörtern verbargen. Er hatte Dinge gesehen und gehört, die er nicht erklären konnte und nicht hätte wiederholen können – die ihm aber nicht mehr aus dem Kopf gingen. Vicente wusste noch immer nicht um das ganze Grauen der Wirklichkeit, die seine Mutter und sein Bruder erlebten, er wusste nicht um ihre alltäglichen Lebensbedingungen, wusste aber genug, um nicht mehr so weiterleben zu können wie bisher. Aus diesem Grund hatte er mehr oder weniger unbewusst beschlossen, künftig zu schweigen.

»Ich verstehe ja, dass er nicht über seine Mutter sprechen will, aber warum kann er nicht über etwas anderes sprechen? Warum scheint die Sprache ihn zu versengen, als wäre jedes Wort aus seinem Mund eine kleine Larve? Wenn das so weitergeht, werden wir gar nicht mehr wissen, wie sich seine Stimme anhört. Geschweige denn Rosita. Oder die Kinder. Ja, selbst ich nicht, obwohl ich ihn doch schon ewig kenne.« Im Tortoni verfolgte Ariel gebannt, wie sein Jugendfreund mit dem Zuckerwürfel spielte. Sein Blick war ungeniert. Und ebenso schamlos, ebenso plump ignorierte Vicente ihn. »Am erstaunlichsten ist aber, wie sich sein Blick verändert hat. Als könnte er inzwischen alles zum Ausdruck bringen, ohne die Lippen zu bewegen. Sogar wenn er nur ungnädig guckt, tut er es überzeugend selbstsicher und differenziert. Ja, sein Blick ist inzwischen gesprächiger geworden, als es seine Lippen je waren. Als gäbe es sehr viele und zugleich sehr eindeutige Dinge zu sagen, die jetzt eine neue Ausdrucksform, eine perfekte neue Sprache gefunden hätten.« Ariel betrachtete Vicente, der nach wie vor den kleinen Zuckerwürfel mit seinem Löffel traktierte, und sinnierte über das, was aus Vicentes Leben geworden war. Er sah, wie sich sein Blick auf dem Zuckerstück verlor, in die Ferne und wieder zurück zum Zucker schweifte, bevor Vicente endlich wieder zu ihm oder Sammy schaute. Ariel sah Vicentes Blick hin und her wandern und begriff, dass dieser Blick an Schärfe gewonnen hatte und ebenso präzise wie unergründlich geworden war. Unergründlich, aber unendlich leidvoll. »Ich möchte nicht an seiner Stelle sein. Gott bewahre! Ich möchte beileibe nicht an seiner Stelle sein!«

»Schlimmstenfalls können wir ja immer noch auf Romantico auf der Fünf wetten. Das rentiert sich natürlich nicht sonderlich, aber gut … immerhin!«

»Na schön, wenn du willst, warum nicht.«

Während Ariel sich bemühte, hin und wieder auf Sammys Analyse der Turf-Tipps einzugehen, spielte Vicente mit seinem Zuckerstück, ohne ihrem Gerede die geringste Beachtung zu schenken. Von der verzweifelten Leere absorbiert, in der er seit einer Weile lebte, starrte Vicente fasziniert auf die glatte weiße Untertasse, auf den raffinierten weißen Zucker und auf das weiß geäderte Marmortischchen. Auf unbestimmte Weise übte das Weiß eine immer stärkere Anziehungskraft auf ihn aus. Seine Gedanken schienen sich in diese Farbe zu flüchten und dort zu verlieren wie im grenzenlosen Raum einer anderen Stille.

»Oder wir vergessen San Isidro und gehen direkt in die Kneipe, von der Sammy gesprochen hat!«

Irgendwann fiel Vicente das Zuckerstück herunter. Ohne genau zu wissen, warum, erheiterte ihn das. Er lächelte, legte den kleinen Löffel lautlos auf den Rand der Untertasse und erhob sich.

»Ich will nur …«

Vicente brachte seinen Satz nicht zu Ende. Drei Wörter kosteten ihn schon große Anstrengung. Ariel und Sammy sahen ihm bis zur Tür nach, ohne sich Sorgen zu machen. Seit ein paar Wochen hatten sie bemerkt, dass Vicente vom Tortoni aus fast nie direkt nach Hause ging. Obwohl er als einziger Frau und Kinder hatte, kam er immer noch mit, auf die Rennbahn in Palermo oder in San Isidro, manchmal auch zum Poker.

An jenem Tag allerdings, am 17. Januar 1942, verließ Vicente zügig das Café und machte sich auf den Weg in die Calle Paraná. Wegen eines verpassten Geschäfts hatte er in letzter Minute die Sommerferien absagen müssen, und da er Rosita und den Kindern gegenüber, die Anfang des Monats nur zehn Tage ohne ihn in Mar del Plata gewesen waren, ein schlechtes Gewissen hatte, beschloss er, zum Abendessen nach Hause zu gehen.

»Können wir nachhaben?«

»Ja, können wir, bitte?«

»Ich auch, ich auch?«

Nachdem sie den Kindern noch mal aufgetan hatte, wandte sich Rosita an ihren Mann.

»Möchtest du auch noch mehr Gnocchi, Liebling?«

Obwohl er seine Frau und seine Kinder vermisst hatte, als er aus dem Tortoni gekommen war, obwohl er beschlossen hatte, direkt nach Hause zu gehen, und obwohl er in letzter Zeit so selten gemeinsam mit ihnen zu Abend gegessen hatte, gab Vicente, wie schon seit Wochen, kein einziges Wort von sich. Rosita scheute keine Mühe, Tag für Tag mit ihm zu sprechen. Trotz seines Schweigens sprach sie mit ihm, als wäre nichts geschehen, als wäre in ihrem Leben alles normal.

»Möchtest du nicht mehr? Bist du sicher?«

Irgendwann hob Vicente die Augen aus der Leere, in der sie sich verloren hatten, und senkte sie in die ebenso leeren, wenn auch zärtlich besorgten Augen seiner Frau. Er sah sie an, ohne ihre Frage zu beantworten. Wozu auch? Was machte es für einen Unterschied, wie oft er von den Gnocchi aß? Seit Monaten schon nahm er Nahrung zu sich und atmete Luft ein. Seit so vielen Tagen schon lebte und überlebte er. Genügte das nicht? Ja, war das nicht schon zu viel? Nach einer Weile schaute Vicente zu seinen Kindern. Sein Sohn, vor Kurzem vier geworden, aß gerade die letzten weißen Gnocchi von seinem weißen Steingutteller. Vicente sah ihn nur flüchtig an, und schon breitete sich die Leere noch weiter in ihm aus. Er betrachtete sein Gesicht, seine Augen, dann seine Hand, die Gabel, die Gnocchi und den Teller. Und plötzlich schossen eine Reihe von Rückblenden durch sein Gehirn, die ihm zu verstehen gaben, woran dieses Weiß ihn erinnerte. Der Teller seines Sohnes, seine Gnocchi, der Zucker, die Untertasse und der Marmortisch im Tortoni weckten in ihm die Erinnerung an Schnee, an den Schnee in Polen, den Schnee seiner Kindheit – der sich um diese Zeit über die Felder rund um Warschau, über den Schlamm und die Straßen im Ghetto legen musste, wo er seine Mutter und seinen Bruder noch immer am Leben hoffte.

Vicente wandte sich seinen Töchtern zu. Sie hatten fertig gegessen und warteten, wie ihre Mutter, auf das mögliche, unwahrscheinliche Ende seines Schweigens. Vicente begegnete ihrem Blick, bevor sich seiner, ohne ein Wort, ohne einen Seufzer, ohne ein Lächeln, wieder im Nichts jenseits des Tisches verlor. Auch die Augen seiner Töchter waren voller Zärtlichkeit und Fragen, doch Vicente sah überall nur noch sinnlose Leere – oder ebenso sinnlosen Schnee. »Wenn sie verhaftet worden ist, hat sie hoffentlich ihr Schultertuch behalten dürfen. Nur das, das rosafarbene Wolltuch. Mehr verlange ich ja gar nicht, mein Gott. Nur das, mein Gott, an den ich nie geglaubt habe. Dass Mama, wenn sie verhaftet worden ist, einem deutschen Soldaten in die Hände gefallen ist, der menschlich genug war zu begreifen, dass dieses rosafarbene Tuch niemandem schaden würde.« In den seltenen Momenten, in denen sich Vicente ausmalte, was seiner Mutter wirklich widerfuhr, konzentrierte er sich auf völlig belanglose und unerhebliche Einzelheiten. »Ob sie sich vor dem Essen wohl die Hände waschen darf?« Vicente hatte seine Mutter nie essen gesehen, ohne dass sie sich vorher die Hände gewaschen hatte. Die plötzliche Vorstellung, dass sie in einem dieser Arbeitslager war, von denen zunehmend die Rede war, und dort jeden Tag essen musste, ohne sich die Hände waschen zu können, machte ihn wütend. »Nein. Nein und nochmals nein. Ich will nicht. Ich will nicht denken. Ich will nicht an sie denken. Nicht an das, was sie kann und was sie nicht kann. Ich will lieber gar nicht daran denken. Weder daran noch an etwas anderes. Nein. Nein, um nichts in der Welt. Ich will nicht. Ich will nicht mehr denken. Nie mehr.«

»Kann ich deinen Teller nehmen, Papa?«

»Ja …«

Vicente antwortete und sah, wie seine älteste Tochter ihn anlächelte. Ihr Lächeln war unendlich sanftmütig, unendlich gütig, er aber hatte ihr gedankenverloren geantwortet, mechanisch, ohne genau zu verstehen, worum sie ihn gebeten hatte. Er antwortete mit einem völlig abwesenden Ja, mit einem Ja, das absolut nichts zu bedeuten hatte.

»Ja, entschuldige, mein Schatz. Natürlich kannst du.«

Von ihrem Lächeln in die Gegenwart zurückgeholt, riss er sich zusammen und artikulierte ein paar Wörter. Wieder lächelte Ercilia.

»Danke, mein Kapitän!«

Als sie nach seinem schmutzigen Teller griff, ließ er sie nicht damit in die Küche zurückgehen, sondern fasste sie zärtlich am Handgelenk und zog sie auf seine Knie. Ercilia stellte den Teller auf den Tisch zurück und lehnte den Kopf an seine Schulter. Und so blieben sie in dem verlassenen Esszimmer schweigend und eng aneinandergeschmiegt sitzen.

Drei Tage später, am 20. Januar 1942, fand, wenige Kilometer von der Innenstadt entfernt, in einer friedlich gelegenen Villa im grünen Berliner Südwesten die berühmte Wannseekonferenz statt. Fünfzehn der ranghöchsten Verantwortlichen des Dritten Reichs berieten dort über die administrative, technische und wirtschaftliche Organisation der von Hitler gewünschten

»Endlösung der Judenfrage«. Für die Umsetzung dieses industriellen Vorhabens benötigten Reichsmarschall Hermann Göring, Himmler, Heydrich und Eichmann einen Teil der materiellen und personellen Ressourcen, die zu diesem Zeitpunkt einer anderen logistischen Herausforderung dienten: dem Krieg. Um zu vermeiden, dass einzelne Elemente des Staatsapparats (Ministerien, Gerichte, Generalstab der Armee) dem Vorhaben im Weg stehen oder eine Zusammenarbeit verweigern würden, hatte man beschlossen, zu diesem Treffen alle involvierten Führungskräfte einzuladen und ihnen den Plan nebst seiner Verwirklichung vorzustellen. Heydrich, der die Konferenz eröffnete, erinnerte an die seit der Machtergreifung von Hitler durchgeführten antisemitischen Maßnahmen und zeigte sich zufrieden über die zwischen 1933 und 1941 erfolgte Auswanderung von fünfhundertdreißigtausend Juden aus Deutschland und Österreich. Seinen Zahlen zufolge lebten »leider« immer noch ungefähr elf Millionen Juden in Europa und im französischen Kolonialreich. Heydrichs Vortrag dauerte eine knappe Stunde. Es ging um logistische und organisatorische Einzelheiten bezüglich des Schicksals jener Juden, die dem Wortlaut des Sitzungsprotokolls gemäß nach Osten »evakuiert« und »entsprechend behandelt« werden sollten. Das Ziel war – nach Eichmanns Prozessaussage, zwanzig Jahre später, wurde es in vertraulichen Gesprächen bei einem Glas Cognac nach der Konferenz offen diskutiert, damit auch wirklich alle Teilnehmer Bescheid wussten –, das jüdische Problem mithilfe der durchzuführenden Maßnahmen endgültig zu lösen: Ein geringer Teil der Juden sollte zur Stärkung der Kriegsanstrengungen eingesetzt, die überwiegende Mehrheit in Vernichtungslagern ermordet werden.

Elf Millionen Menschen. Es galt, elf Millionen Menschen zu töten. Lässt sich das Undenkbare denken? Das Unverständliche verstehen? Ist etwas vorstellbar, das bisher nicht menschenmöglich schien? Hin und wieder gibt es Ereignisse, die unser Vorstellungsvermögen herausfordern, die den Bereich des Möglichen bis über die Grenzen des bisher Vorstellbaren ausdehnen.

Bis zum Sommer 1942 konnten die am Wannsee getroffenen Entscheidungen allerdings nicht umgesetzt werden. Zum einen waren noch nicht alle Vernichtungszentren einsatzbereit, so dass man die Juden bis zu ihrer Inbetriebnahme weiterhin in Ghettos sperrte. Zum anderen erfuhr die Begeisterung nach dem rasanten Vormarsch der Wehrmacht im Oktober 1941 mit dem deutschen Rückzug vor Moskau bereits im Dezember einen Dämpfer, so dass neue Prioritäten gesetzt werden mussten: Die mit der Hoffnung auf einen raschen Triumph verbundene Euphorie war der Perspektive eines langwierigen Krieges und der Erkenntnis gewichen, dass die Nahrungsreserven für die Bevölkerungen in Deutschland und den Besatzungsgebieten nicht ausreichten. Die Nazis würden die europäischen Juden demnach planmäßig in die Lager im Osten deportieren, doch vorerst weniger ermorden als ursprünglich vorgesehen. Von Herbst 1941 bis Frühjahr 1942 würde das Leben von Millionen Juden einem heiklen, täglich neu auszutarierenden Gleichgewicht gehorchen: Sollten die Deutschen sie als kriegsschädigende Esser töten oder als kriegsfördernde Rüstungsarbeiter am Leben lassen? Trotz dieser Unschlüssigkeit im Hinblick auf die Behandlung der Juden zählte man allmählich Millionen von Opfern. Allein im Distrikt Lublin, der Odilo Globocnik unterstand, sollten rund eine Million deportierter Juden für arbeitsunfähig erklärt und sofort nach ihrer Ankunft im Lager ermordet werden.

Ahnte Vicente das düstere Ausmaß dessen, was in Europa vor sich ging? Wusste er, was seinem Bruder und seiner Mutter jenseits des erbärmlichen Lebens und des erbärmlichen Todes im Ghetto drohte? Nein. Trotz der Briefe seiner Mutter konnte Vicente, wie die meisten Juden auf der Welt, sich nicht im Entferntesten ausmalen, was er später erfahren sollte. Er konnte sich nicht vorstellen, dass täglich Tausende von Menschen ermordet wurden, dass täglich Tausende mit einem Kopfschuss niedergestreckt oder in Gaskammern getötet, dass Tausende von Körpern in Öfen verbrannt wurden, aus denen die Flammen bis in den Himmel loderten.

Seitdem er undeutlich zu ahnen begann, was in Europa vor sich ging, fühlte Vicente sich immer mehr als Jude. Doch auch das vermochte ihn nicht zu beruhigen. Bis 1939 hatte er sich oft gefragt, was genau er wohl sein mochte, Argentinier oder Pole, Jude oder Atheist. Und er hatte sein Gewissen erleichtert oder vielmehr gequält, denn solange er partout nicht wusste, was er mit sich selbst gemein hatte, mit dem früheren oder mit dem zukünftigen, mit dem unbeschwerten oder dem wutentbrannten Vicente, mit dem, der er als Kind gewesen war und als Großvater sein würde, konnte er unmöglich wissen, was ihn mit einem x-beliebigen Argentinier oder Juden verband, von dem er nicht das Geringste wusste. »Der Mensch ist so wenig, dass er weder den Geschmack seines Fleisches kennt noch den Zeitpunkt seines Todes. Warum sollte er also eine knappe, einfache Antwort auf die Fragen geben können, die uns unsere rätselhafte, unbeständige Identität aufgibt?« In etwa so hatte Vicente bisher gedacht. Inzwischen bildeten sich in seinem Kopf keine so komplexen Gedanken mehr. Inzwischen fühlte er sich einfach immer mehr als Jude – ohne dass ihm das die geringste Erleichterung verschafft hätte.

Franz, der junge deutsche Verkäufer, den Vicente Anfang Dezember 1940 eingestellt hatte, kümmerte sich immer mehr und immer besser um das Geschäft. Vicente brachte ihm bei, wie man die Kunden umwarb, die Buchhaltung führte und die Lagerbestände verwaltete. Während der vielen Monate ihrer Zusammenarbeit lernte Vicente ihn allmählich gut kennen. Ein paar Wochen bevor er den Brief seiner Mutter erhielt, hatte Franz eines Abends bei Ladenschluss gesagt, dass er heute Geburtstag habe, und Vicente hatte ihn auf ein Bier eingeladen. Sie waren Richtung Fluss gegangen und in eine Bar in der Calle Florida eingekehrt. Schweigend hatten sie ein erstes Quilmes getrunken und die Passanten beobachtet. Vicente war gelassen. Damals teilte er sein Schweigen noch gern mit Franz. Er freute sich an seinem Anblick, an seinem strahlenden Lächeln. Oft genügte ihm das, um seinen Schmerz zu besänftigen. Wie immer schien Franz das ganze Universum unendlich glücklich zu betrachten.

»Das ist eine meiner Lieblingsbeschäftigungen hier in Buenos Aires: im Café sitzen und die Passanten beobachten.«

Verschmitzt wiederholte Vicente:

»Die Passanten?«

Franz' Lächeln wurde noch strahlender und zog sich bis zu seinen Augen.

»Ja, die Mädchen. Vor allem die Mädchen.«

Mit einer Geste bat Franz den Kellner um eine weitere Flasche Quilmes.

»Die geht auf meine Rechnung.«

»Schon gut, du darfst deinen Chef ruhig zahlen lassen!«

»Sie sind nicht nur mein Chef«, sagte Franz leicht errötend. »Sie sind wie ein Vater für mich gewesen.«

»Ein Vater?«

»Ja, na ja, eine Leitfigur. Oder ein geistiger Vater.«

Franz und Vicente wechselten einen verständnisinnigen oder einen verständnislosen Blick, eine stumme Frage und eine vergebliche Antwort, bevor sie wieder auf die Straße schauten und gleichzeitig zum Trinken ansetzten.

»Dass Sie Deutsch mit mir gesprochen haben, als ich gerade erst angekommen war und Sie noch nichts von mir wussten, dass Sie mich eingestellt haben, obwohl ich kein Wort Spanisch konnte, das war wie eine Verheißung auf einen Platz in diesem neuen Land. Ich habe nie begriffen, warum Sie an diesem ersten Tag spontan Deutsch mit mir geredet haben …«

»Ich habe eben gemerkt, dass du nicht von hier bist und mir vorgestellt, dass … ach, ich weiß auch nicht!«

»Sie hätten ja auch Polnisch … oder Jiddisch mit mir sprechen können.«

»Ja, das stimmt, aber …«

Vicente, das Herz plötzlich voller Wut und Scham, senkte den Kopf, bevor er seinen Satz zu Ende brachte:

»Ich habe Deutsch immer gemocht.«

Franz, der seinen Schmerz verstand, schwieg für eine Weile, und sein wunderbares Lächeln erlosch.

»Einmal, das ist schon lange her, haben Sie mich gefragt, ob ich Jude sei. Aber Sie haben mich nie gefragt, warum meine Eltern und ich aus Deutschland weggegangen sind.«

Vicente sah gespannt zu ihm auf.

»Wir sind aus Deutschland geflohen, weil meine Eltern Kommunisten sind. Ich übrigens auch.«

Vicente konnte eine gewisse Überraschung und Enttäuschung nicht verbergen.

»Na ja, dort drüben war ich noch zu jung für die Politik, aber ich bin immer ein Anhänger von Lenins Ideen gewesen. Vor allem von Trotzkis.«

Vicente, der sich über die Wendung des Gesprächs langsam zu ärgern begann, wandte sich wieder der Straße zu.

»Was? Was ist denn das Problem mit den Bolschewiken?«

»Nichts.«

Um ihm nicht sagen zu müssen, dass er sie zwanzig Jahre zuvor gefürchtet, gehasst und bekämpft hatte, trank Vicente sein Glas in einem Zug aus. Franz wartete auf eine Erklärung, aber Vicente schenkte sich nach und sah ihn schweigend an: Weshalb hätte er ihm das alles erläutern sollen, wo er nicht mehr die geringste Angst verspürte und seinen jungen Angestellten unmöglich verachten konnte? Zum Glück kamen gerade zufällig ein paar Freunde von Franz vorbei, ein Junge und zwei gleichaltrige Mädchen, die an ihren Tisch traten und das Gespräch unterbrachen.

Tatsächlich war Vicentes Zuneigung für den gebildeten Jungen, mit dem er sich oft über Gedichte ausgetauscht hatte, über die Monate hinweg stetig gewachsen. Er hatte Franz immer mehr ins Herz geschlossen, bis er wenige Wochen nach dem Brief seiner Mutter seine Anwesenheit nicht mehr ertragen und ihn unter einem fadenscheinigen Vorwand entlassen hatte. Franz hatte sich nicht beklagt, denn trotz seiner Zuneigung hatten das Schweigen und die unerträgliche Schwermut seines Chefs seine Motivation zu arbeiten und zu lernen bereits stark beeinträchtigt. Franz war gegangen, und Vicente blieb in dem dunklen langgestreckten Raum erneut allein.

Der Sommer war dem Herbst gewichen, der Herbst dem Winter. Vicente arbeitete weiter, ging nach wie vor ins Tortoni, kümmerte sich, von Tag zu Tag schweigsamer, gelegentlich um seine Kinder, und liebte – von Tag zu Tag schweigsamer – gelegentlich seine Frau. In Europa litt Paris unter den ersten Bombardierungen der Royal Air Force, die Wehrmacht besetzte Sewastopol, und Reinhard Heydrich starb – endlich! – nach dem eine Woche zuvor gescheiterten Attentat an einer Sepsis.

Am Donnerstag, dem 16. Juli 1942, am selben Tag, an dem französische Polizisten und Gendarmen dreizehntausend Juden (darunter über viertausend Kinder) verhafteten, um sie nach Auschwitz zu deportieren, trotzte Ariel dem Regen und schleppte seinen riesigen Bärenkörper bis zu Vicentes Möbelgeschäft. Er wollte ihm die Ausgabe einer englischen Zeitung zeigen, die bereits drei Wochen zuvor erschienen, aber erst jetzt in Buenos Aires erhältlich war. Während die deutschen Angriffe nachließen und der Krieg immer unentschiedener wurde, veröffentlichte das konservative Londoner Blatt *The Daily Telegraph* das, was als eine der größten Sensationsmeldungen der Geschichte gelten muss. Der Artikel war wie folgt überschrieben: *Deutsche ermorden 700 000 Juden in Polen*. Der Untertitel lautete: *Reisende Gaskammern*.

»Über 700 000 polnische Juden sind im größten Massaker der Geschichte von den Deutschen ermordet worden. Sie haben außerdem ein System zur systematischen Aushungerung entwickelt, das sogar nach ihren Angaben mindestens ebenso viele Menschen getötet hat. Die entsetzlichsten Einzelheiten dieser massiven Ermordung, die den Gebrauch von Giftgas umfassen, erscheinen in einem Bericht, der Herrn Szmul Zygielbojm, Vertreter der jüdischen Minderheit des Polnischen Nationalrates in London, heimlich zugekommen ist.«

Dieser Exklusivbericht beanspruchte zwei Spalten auf Seite fünf der insgesamt sechs Seiten umfassenden Zeitung. Gelinde gesagt sorgte sein Erscheinen damals für keinerlei Aufsehen: Der Artikel fand kein Echo in anderen Medien und stieß weder bei der Öffentlichkeit noch bei den Politikern auf Resonanz. Szmul Zygielbojm wurde sogar vorgeworfen, alles frei erfunden zu haben.

»Kinder in Waisenhäusern, Menschen in Altenheimen, Patienten in Krankenhäusern sind erschossen worden (…). Alle Männer zwischen vierzehn und achtzig Jahren werden zusammengetrieben, meist auf einem Platz oder einem Friedhof, und dann mit einem Messer, einer Schusswaffe oder Granaten getötet, nachdem sie ihr eigenes Grab haben schaufeln müssen.«

Die Einzelheiten waren erschreckend. Vicente begann seine Lektüre mit der gewohnten Skepsis, beendete sie jedoch unwillkürlich mit beklommenem Herzen und zugeschnürter Kehle. Sobald er fertig war, reichte er die Zeitung seinem Freund. Ariel wartete auf eine Reaktion, aber Vicente sagte nichts. Ariel versuchte, mit ihm zu sprechen, versuchte, mit ihm dieses Grauen zu erörtern, mit seinem Freund seine ohnmächtige Wut und Bitterkeit zu teilen – und seine Hoffnung am Leben zu erhalten, solange er keine Neuigkeiten von seiner Mutter und seinem Bruder habe. Ja, er sagte ihm sogar, dass diese absurde Zahl von siebenhunderttausend Opfern letztlich nur einem Drittel der polnischen Juden entspreche.

Vicente hörte gleichmütig zu, ohne ein Wort, ohne die geringste Erwiderung. Obwohl Ariel rasch seine Ungeschicklichkeit, seinen Fehler einsah, ließ er nicht locker. Er insistierte, wieder und wieder. Bemühte erneut ungeschickte Wörter und sagte andere. Zornig und mitfühlend versuchte er mit allen Mitteln, Vicentes Schmerz zu teilen. Dann wusste er sich keinen Rat mehr, schloss seinen Freund unglücklich, aufgebracht und zutiefst gekränkt von seinem eisigen Verstummen in die Arme und verließ das Geschäft mit geballten Fäusten und Tränen in den Augen.

Nach einer Weile stand Vicente auf und ging zur

Tür. Bedächtig drehte er das Hinweisschild um, das die Schließung des Ladens signalisierte, und ging mit kleinen Schritten zu einem Plattenspieler, den er seit ein paar Tagen zum Verkauf anbot. Er legte eine Platte auf und setzte sich in einen Sessel.

Als Mozarts *Klavierkonzert KV Nr. 24* begann, schloss er die Augen.

Die Wirklichkeit war im Juli 1942 in Europa noch schlimmer als das, was der Artikel im *Daily Telegraph* beschrieb. Die reisenden Gaskammern (die erste Lkw-Generation war durch die Aufschrift »Kaiser's Kaffee Geschäft« getarnt, die zweite Generation, 2,5 bis 3 Tonnen schwere Lkws, fasste zwischen dreißig und fünfzig Menschen, die Fünftonner schließlich, bei denen die Motorabgase direkt in einen luftdichten Kastenaufbau geleitet wurden, *stehend und dicht gedrängt*, bis zu siebzig Opfer) waren durch fest installierte Gaskammern ersetzt worden, die bereits seit März und April in den Vernichtungslagern Bełżec, Chełmno und Auschwitz in Betrieb waren. Am achten Geburtstag von Vicentes ältester Tochter, dem 19. Juli 1942, hatte Himmler den Befehl für die Aktion Reinhardt unterzeichnet, die binnen Jahresfrist die systematische Ermordung aller Juden des Generalgouvernements zum Ziel hatte.

In Warschau hatten die Deutschen begonnen, denjenigen Einwohnern des Ghettos, die sich freiwillig zur Ausreise in ein Arbeitslager meldeten, Brot und Marmelade zu versprechen, und Tausende waren dem Aufruf gefolgt. Den ganzen Sommer lang hatten sie die »Umsiedlung in den Osten« betrieben, die in Wahrheit nichts anderes war als die Deportation *aller* Juden des Ghettos in das Vernichtungslager Treblinka. Die sogenannte Große Aktion hatte am 22. Juli begonnen. Zwei Monate lang wurden täglich circa siebentausend Menschen verschleppt. Tag und Nacht wurden im Ghetto Straßen und Wohnungen durchkämmt. Man brachte die Juden zum Warschauer Güterbahnhof und transportierte sie anschließend per Zug in das 80 Kilometer entfernte Treblinka, angeblich ein Durchgangsbahnhof, von dem aus sie nach der Desinfektion zu weiter im Osten gelegenen Arbeitslagern transferiert würden. Der Weg zu den »Duschen«, den im Sommer 1942 über dreihunderttausend Juden aus dem Warschauer Ghetto und in den folgenden Monaten mehr als vierhundertfünfzigtausend Juden aus den Distrikten Radom, Lubmin und Białystok nahmen, hieß bei den Nazis *Himmelstraße*.

Juli, August 1942. Unterdessen verstrichen in Buenos Aires die öden Winterwochen, und Vicente bekam keine Nachrichten mehr von seiner Mutter. Er spielte jede Nacht bis zum Morgengrauen Poker und wachte nie vor zwei oder drei Uhr nachmittags auf. Er kam aus dem Schlafzimmer, ging ins Bad, wusch sich das Gesicht, trank schnell einen Kaffee, gab seinen Kindern, die gerade aus der Schule zurückkamen, einen flüchtigen Kuss und ging ins Geschäft, um nachzusehen, ob Jorgos, der neu engagierte, ungefähr fünfzigjährige griechische Verkäufer, etwas verkauft hatte. Um nicht mehr an seine Mutter zu denken, bemühte sich Vicente, auch nicht an Rosita und seine Kinder, geschweige denn an sich selbst zu denken. Die geringste Aufmerksamkeit für ein menschliches Wesen kam ihm vor wie eine Beleidigung …, aber was wurde dabei eigentlich beleidigt? Die Lage seiner Mutter? Ihr Leid? Die Erinnerung an sie?

»Schweigen. Nicht mehr wissen, was sprechen bedeutet. Was ein Wort meint oder bezeichnet. Vergessen, dass Wörter manchmal Sätze bilden.« Das Schweigen würde ihm, genau wie das Spielen, hoffentlich helfen, seine Qualen zu lindern. Er sehnte sich nach einem so nachhaltigen, einem so stetigen, unnachgiebigen und erbitterten Schweigen, das alles in eine unsichtbare, unhörbare Ferne rückte und in einem Nebel aus Schnee verschwimmen ließ. Vicente wollte die Stimmen der anderen zum Verstummen bringen, die Stimmen ringsherum und auch seine eigene. Ja, er wollte seine beiden Stimmen zum Verstummen bringen: diejenige, mit der er, wenn auch selten, vernehmliche Wörter sprach, und jene andere stumme innere Stimme, die zunehmend gesprächiger wurde und mal einem vertrauten Freund, mal einem fremden Gott anzugehören schien – die Stimme seines Gewissens. Er wollte alles zum Verstummen bringen. Alles sollte, für immer, so still sein wie eine verschneite weite Ebene. Und er bemühte sich so eingehend, so hartnäckig, dass es ihm oft auch gelang. Er schwieg so viele Stunden, dass keine Stimme aus der Außenwelt mehr zu ihm drang, dass in seinem Kopf kein Gedanke mehr entstand. Dabei half ihm die Musik. Die *Matthäus-Passion*, Mozarts Klavierkonzerte und ein paar unbeschwerte Kompositionen von Beethoven: *Für Elise*, die *Mondscheinsonate*, die *Bagatellen* oder die *Variationen*. »Deutsche. Drei Deutsche. Auch wenn Mozart eigentlich … Doch selbst er hat sich angeblich als Deutscher gefühlt.« Im Geschäft hörte Vicente manche Stücke immer wieder von vorn, um die geringste Erinnerung zum Verstummen zu bringen und jedes seiner Phantasie entsprungene Bild zu löschen. Nach einigen Wochen brauchte er nicht einmal mehr die Musik. Allein das selbstauferlegte Schweigen bewirkte, dass ihm während der endlosen Stunden, wenn er nach Jorgos Feierabend abends allein im Laden sitzen blieb und die Passanten an den Schaufenstern vorbeigehen sah, nur noch Belanglosigkeiten durch den Kopf gingen. Oder während jener anderen, ebenso endlosen Stunden, wenn er beim Pokern das wenige noch verbliebene Geld verspielte. »Keine Wörter mehr. Keine Sprachen mehr. Weder Deutsch noch Polnisch, noch Jiddisch. Weder Spanisch noch Argentinisch. Keine Wörter mehr. Und keine Namen. Keine Wörter mehr für nichts. Weder für die Musik noch für das Klavier noch für den Stuhl oder den Tisch. Auch nicht für das Schaufenster, das Geschäft, die Straße, für das Auto, das Pferd, die Stadt, das Land oder den Ozean. Weder für das Massaker. Noch für den Schmerz. Keine. Wörter. Mehr.«

Rosita arrangierte sich leidlich mit dieser neuen Lebensweise. Die Zeit wurde ihr immer länger, aber sie kümmerte sich um den Haushalt, um die Mahlzeiten und die Kinder, und sie bügelte die Hemden ihres Mannes mit ungebrochener Sorgfalt. Oft beobachtete sie ihn einfach, wie an diesem Sonntagnachmittag Mitte August, und respektierte das Schweigen, das er ihr auferlegte. Während sie ihm beim Nichtstun und beim Nichtssagen zusah, fragte sie sich, warum ihr Mann nicht mehr derselbe war, den sie geheiratet hatte. Da sie nicht genau wusste, welche Monster durch seinen Kopf spukten, überlegte sie, was sie falsch gemacht, woran sie schuld sein könnte. »Ich liebe ihn. Ganz sicher sogar. Ja, ich liebe ihn. Ich liebe ihn nicht.

Ich liebe ihn. Aber warum? Warum rasiert er sich nicht mehr wie früher? Warum kleidet er sich so nachlässig? Warum legt er keinen Wert mehr auf sein Äußeres? Und warum kümmert er sich nicht mehr um die Kinder? Notfalls auch ohne zu reden? Dabei ist es doch nicht schwer, sie in die Schule zu bringen wie früher und sie manchmal abzuholen … Warum nur? Warum ist er nicht mehr derselbe, den ich damals kennengelernt habe? Den ich geheiratet habe, der mich geliebt hat und den ich geliebt habe? Ich weiß nicht mehr, wer er ist. So einfach ist das. Ich weiß es nicht oder nicht mehr. Manchmal schaut oder lächelt er mich an, aber ich weiß es nicht. Ich liebe ihn, gewiss. Und ich liebe ihn nicht. Weiß ich überhaupt, ja, könnte ich überhaupt noch sagen, was ich an diesem Mann, den ich einst so geliebt habe, jetzt noch liebe, an ihm, der einmal der Mann meines Lebens war und für immer hätte sein sollen?« Rosita stellte sich unzählige Fragen, ohne Antworten darauf zu finden. Sie dachte an ihren Mann, und sie dachte an ihre Eltern, an deren Leid. »Genau wie Gustawa haben auch sie Schreckliches erlebt. Auch sie sind mit Gräueltaten konfrontiert worden. Wie haben sie das geschafft? Wie haben sie nach ihrer Ankunft in Argentinien die Pogrome vergessen können? Wie haben sie die Vergangenheit hinter sich lassen können? Was haben sie aufgegeben? Was haben sie ausgelöscht? Oder verleugnet? Womit haben sie sich abgefunden, damit ich, mein Bruder und meine Schwestern ein normales Leben führen konnten?« Rosita hatte sich für Vicente entschieden. Sie hatte sich entschieden, ihr Pharmaziestudium abzubrechen, um seine Frau zu werden. Niemand hatte sie dazu gezwungen. Doch war sie jetzt glücklicher als ihre Schwestern, als ihre Mutter, deren Ehe von den eigenen Eltern mit den Eltern ihres Vaters aus einem Nachbarschtetl arrangiert worden war?« Ich kann ihn nicht lieben. Wie soll ich einen Mann lieben, der nicht mehr da ist? Der sogar als Anwesender abwesend ist? Ich weiß nicht, was er denkt, ich weiß nicht, was er fühlt oder was er will. Als ich das letzte Mal seine Hand gestreichelt habe, war sie so kalt wie die einer Leiche.«

An diesem Sonntagnachmittag sah Rosita, wie an so vielen anderen Tagen, ihren Mann durch die Wohnung schleichen, ohne ein Wort, ohne einen Blick für sie oder die Mädchen, die am Esszimmertisch ihre Hausaufgaben machten. Danach setzte er sich auf das Sofa, um aus dem Fenster in den Himmel zu schauen. Vicente lebte in einer Welt, in der sie fast nicht mehr existierten. Zwischendurch wachte Juan José von seinem Mittagsschlaf auf und begann in seinem Zimmer zu weinen. Rosita war gerade zum Spülen in die Küche gegangen. Sie wartete extra ein paar lange Minuten. Und fragte sich, ob ihr Mann das Weinen wohl hörte. Sie wollte herausfinden, ob er aufstehen und sich um ihren Sohn kümmern würde. Doch sie wartete – und nichts geschah. Sie war es, die das Spülen unterbrechen musste, um Juan José in den Arm zu nehmen.

Vicente war erschöpft, wie schon seit Wochen fast jeden Tag. Weil Sonntag war und er etwas früher aufgewacht war als sonst, war er aus dem Haus gegangen und einen Großteil des Tages ziellos umhergelaufen; wie eine verlorene Seele durch die Straßen von Buenos Aires geirrt, was er immer häufiger tat. In der Stadt wimmelte es von Autos, Zeitungskiosken, Läden und Buchhandlungen. Und von Frauen, von immer schöneren oder vielmehr immer attraktiveren, eleganteren Frauen. In dem Wohlstand, den der Krieg auf der restlichen Welt diesem entlegenen, an der äußersten Südspitze des Kontinents versteckten Land bescherte, schienen sich in Buenos Aires manche Straßen in Laufstege verwandelt zu haben. Vicente hatte diese Stadt geliebt. Er hatte es geliebt, umherzulaufen und durch die Straßen zu streifen. Am liebsten hatte er die Innenstadt hinter sich gelassen und zwielichtige, gefährliche Stadtteile wie Boedo, Barracas oder Pompeya erkundet, aber auch La Recoleta, Palermo und Belgrano, die immer vornehmeren Viertel am Fluss entlang Richtung Norden. Seit seiner Ankunft in Buenos Aires im April 1928 und dem Südwinter 1942 hatten sich die Straßen der Stadt mit Leben gefüllt. In Argentinien herrschte wie nach 1910 wieder Wohlstand. Es war nicht mehr, wie nach der Krise von 1930, das arme Land am Rand Südamerikas, es war durch den Zweiten Weltkrieg zu einem fernen Mittelpunkt der Welt avanciert. Im Zuge des in Europa wütenden Krieges kamen immer mehr Einwanderer, darunter nicht nur die seit dem späten 19. Jahrhundert kontinuierlich zuziehenden mittellosen Italiener und Spanier, sondern auch berühmte Künstler und Intellektuelle sowie europäische Familien, die weitaus vermögender waren als bisher. Für die Argentinier war alles einfacher geworden. Die Läden waren gut gefüllt, die Geschäfte gingen glänzend. Nur Vicente fühlte sich in dieser riesigen, festlichen Stadt immer armseliger, immer hilfloser.

Vor dem Krieg hatte Vicente darauf gebrannt, ein besserer Porteño zu werden als jeder Argentinier, und war beschwingt durch jene Straßen gelaufen, durch die er noch immer lief. Am liebsten im Zickzackkurs, um sich keine von ihnen entgehen zu lassen, um sie alle zu erkunden. Er war stundenlang herumgelaufen, hatte Geschäfte und Passanten betrachtet. Jetzt hingegen ging er manchmal bis nach Chacarita oder bis nach La Boca einer einzigen geraden Straße nach, als hinge es nicht mehr von ihm ab, als hätte es keinerlei Bedeutung mehr, wohin ihn seine Schritte führten. Er lief weiter und weiter, den Blick auf die Füße geheftet. Und irgendwann machte er – immer noch auf derselben Straße – kehrt. Seit dem Brief seiner Mutter lief Vicente viel, ohne das geringste Vergnügen dabei zu empfinden. Da es ihm aber auch kein Vergnügen bereitete, nicht zu laufen, lief er immer weiter, sinnlos und unaufhaltsam.

Das einsame Gehen hat den Menschen stets ermöglicht, zu schweigen – und nachzudenken. Vicente jedoch lief nur, damit er zu seinen Schritten schweigen konnte. Wie damals, als er Musik gehört oder im Wohnzimmer vom Sofa aus in den Himmel geschaut hatte, sehnte er sich beim Laufen danach, dass mit den Wörtern auch die Gedanken aus seinem Kopf schwanden. Doch während Reglosigkeit das Gegenteil von Beweglichkeit ist, das Schweigen das Gegenteil vom Sprechen, gibt es zum Denken kein Gegenteil, lässt sich dieser Geistestätigkeit nichts entgegensetzen: Nicht zu denken ist nur eine andere Art zu denken. »Und Berl? Ob er noch arbeitet? Ob er kämpft? Oder lässt auch er die Flügel hängen? Ist es möglich, dass mein Bruder, mein älterer Bruder, so groß, so stark und selbstsicher, nun einer dieser armen Teufel ist, von denen die Zeitungen berichten? Haben die Deutschen ihn derartig demütigen und brechen können? Ist es ihnen gelungen, ein unterwürfiges Tier aus ihm zu machen?« Und so wurde Vicente beim Gehen, nachdem er minutenlang mit seiner Unfähigkeit zum Nichtdenken gerungen hatte, immer wieder auf sich selbst und seine quälenden Dämonen zurückgeworfen.

Auf der ganzen Welt begannen die Zeitungen zaghaft über Hunderttausende von den Nazis getötete Juden zu berichten. Da die Ermordung so vieler Menschen schlicht über ihr Vorstellungsvermögen ging, glaubten die meisten Leute immer noch nicht daran. Nach dem im Sommer erschienenen Artikel des *Daily Telegraph* hieß es auch in zwei argentinischen Zeitungen, *La Prensa* und *Crítica*, dass die Juden in Vernichtungsstätten deportiert würden. Am 25. November 1942 hatte die *New York Times* einen Beitrag über die Lager in Bełżec, Sobibor und Treblinka sowie über die Gaskammern und Krematorien in Auschwitz gebracht. Angeblich würden alte Menschen, Kinder, Säuglinge und jüdische Behinderte aus Polen ermordet. Doch der Artikel erschien lediglich auf Seite zehn und erfuhr wieder einmal kaum Resonanz.

Wie die übrige Menschheit konnte Vicente *wissen* und gleichzeitig *nicht wissen*. Er konnte sich kein Bild von den Vorgängen machen, die sich in zwölftausend

Kilometern Entfernung vom Ort seiner persönlichen Tragödie ereigneten. Er konnte sich weder ein Bild davon machen noch einen Namen dafür finden. Es ist übrigens erstaunlich, wie schwer sich außer Vicente auch alle anderen mit der Bezeichnung dieses Ereignisses taten. Am Anfang sagte man weder Shoah noch Holocaust. Weder auf Französisch noch auf Englisch, weder klein- noch großgeschrieben. Am Anfang sagte man gar nichts. Man sprach von einem »Ereignis«, von einer »Katastrophe«, von einem »Inferno« oder »Desaster«, später dann hieß es »Massaker« oder »Apokalypse«. Doch ganz am Anfang gab es tatsächlich keinen Namen. Bis auf die Nazis, die von der »territorialen Lösung«, schließlich von der »Endlösung« sprachen und auch diese Bezeichnungen wiederum verschleierten, damit das Vorhaben hinter vorgehaltener Hand abgewickelt werden konnte (für die Gaskammern sagte man Spezialeinrichtungen, für die Vergasung Sonderbehandlung) – bis auf den Wortschatz der Henker also blieben die Vorgänge in Europa Geschehnisse ohne Namen. »Ein namenloses Verbrechen«, wie Churchill sagte. Ab Kriegsende wurde viel über die angemessene Bezeichnung für dieses Ereignis diskutiert. Es wurde viel diskutiert, weil eine Namensgebung immer voraussetzt, dass etwas gesagt wird, das noch nie gesagt worden ist, und gleichzeitig etwas, das schon immer gesagt – oder schon immer verschwiegen worden ist, was auf das Gleiche herauskommt.

Bereits vor der Wannseekonferenz hatten die Nazis von der »Endlösung« gesprochen, und merkwürdigerweise war dieser Euphemismus noch jahrzehntelang allgemeiner Sprachgebrauch, als hätte die westliche Welt damals gewusst, was sie heute leugnet: dass sie kollektiv schuldig war. Die Endlösung, ein merkwürdiger Ausdruck. Eine Lösung zieht bekanntermaßen immer weitere Fragen, weitere Probleme nach sich. Nicht aber diese. Von ihr, von dieser *End*lösung versprachen sich die Landsleute von Kant, Hegel, Schopenhauer und Nietzsche eine endgültige Klärung.

Später sprach man lieber von »Völkermord« oder »Genozid«, ein Kompositum aus dem griechischen Präfix *genos*, das einen Volksstamm bezeichnet, und dem latinischen Suffix *cid*, das sich von dem Verb *caedere* (morden, metzeln) ableitet. Der von einem polnischen Juden 1944 geprägte und von der UNO im Hinblick auf den Zweiten Weltkrieg gewählte Begriff war allerdings nie der Vernichtung des jüdischen Volkes vorbehalten, weshalb sich alle, die den Holocaust als einmaliges Ereignis der Menschheitsgeschichte betrachteten, nicht damit identifizieren konnten.

Wenig später kam im angelsächsischen Sprachraum der Begriff Holocaust auf. Eigentlich bezeichnete das

Wort ein den Göttern dargebrachtes Tieropfer. Jahrhundertelang haben die Menschen Tiere verbrannt und das Beste – Rauch und Geruch – ihren Göttern geopfert, um deren Gunst zu gewinnen. Ob der Erfinder des Wortes Holocaust für das Massaker an den Juden diesen Sinn im Kopf hatte? Man wird es vermutlich nie erfahren. Doch die Wörter hängen nicht von dem ab, was ihr Urheber zu sagen glaubt: Die Wörter sagen, was sie werden, sie erzählen immer eine Geschichte, mehrere Geschichten. Der Erfinder des Wortes Holocaust hatte absichtlich oder unabsichtlich gesagt, dass die Tötung von Millionen Juden ein Opfer an die Götter sei, um ihre Gunst zu gewinnen. Hoffen wir also, dass dieser Mann damit wenigstens nur seine Götter meinte. Oder hoffen wir vielmehr, dass er dieses Wort vorgeschlagen hat, weil er bereits wusste, dass Gott tot war, weil er Gott für immer im Rauch des Holocausts der Rasse, dem gierigsten aller Götzen, hatte aufgehen sehen.

Nach dem Holocaust oder vielmehr lange davor (das Wort wurde bereits in der talmudischen Ära verwendet, um die Zerstörung Jerusalems und der beiden Tempel zu bezeichnen) gab es außerdem noch den »Hurban«, mit dem das Ereignis in eine Abfolge von Katastrophen und Verheerungen, denen die Juden zum Opfer fielen, eingereiht wurde.

Schließlich setzte sich, vor allem ab den 1960er Jahren in Frankreich, das biblische Wort Shoah durch. Dieser ab 1933 aufgekommene Begriff bedeutet Zerstörung, eine Zerstörung ohne Bitte oder Gebet, eine natürliche, schicksalhafte Zerstörung, bei der kein Gott seine Finger im Spiel hat.

Wie so oft spaltete die Entscheidung für das eine oder andere Wort die Gemüter (Alliierte und Nazis, englisch- und französischsprachige Welt, Juden und Gójim), bis sich schließlich mit Shoah und Hurban sogar die Juden untereinander uneinig waren: auf der einen Seite die, die das Ereignis für einmalig hielten, auf der anderen jene, die in ihm lediglich eine weitere Katastrophe sahen. Bekanntlich muss man nur zwei Juden in einen Raum stecken, um drei unterschiedliche Meinungen zu hören.

An jenem Sonntag im August 1942 war Vicente fast den ganzen Tag lang durch die Stadt gelaufen, bevor er mit dem einsetzenden Regen nach Hause zurückkehrte. »Einfach so«, wie er inzwischen alles tat: ohne ersichtlichen Grund. So wie er in letzter Zeit immer zurückkehrte, ohne dass man wusste, ob er zum Essen bleiben, ob er zu Hause schlafen würde oder nicht. Die Mädchen waren folgsam. Sie machten ihre Hausaufgaben, waren gute Schülerinnen. Gelegentlich schaute Vicente sie an. Und Rosita erinnerte sich unwillkürlich, wie sehr er sie geliebt, wie sehr er sie vergöttert hatte, so wie sie ebenso unwillkürlich dachte, dass er sie immer noch liebte, auch wenn er seit dem Brief seiner Mutter unfähig war, ihnen das geringste Zeichen der Zuneigung zu erweisen. Juan José wartete auf ihn, drehte sich ständig zu ihm um, hätte es so nötig gehabt, dass sein Vater mit ihm sprach und sich um ihn kümmerte, während Vicente noch nicht einmal zu merken schien, dass er existierte, dass er größer wurde, dass er ihn Papa nannte. Ab und zu schaute er ihn flüchtig an, traurig oder ärgerlich, als wäre er besonders böse auf ihn. Auf unaussprechliche, unbegreifliche Weise rächte Vicente sich an ihm für die Schuld, die er seiner Mutter gegenüber empfand, für dieses Schuldgefühl, das ihn künftig innerlich auffressen sollte.

»Wollen wir nicht Teetrinken gehen?«

Da Vicente nie etwas unternehmen wollte, ergriff Rosita die Initiative. In Anbetracht der Tatsache, dass die Kinder am Sonntag nicht in der Schule gewesen waren, dass sie nachmittags um fünf noch keinen Fuß vor die Tür gesetzt hatten und auch Vicente zu Hause war, schlug Rosita vor, dass sie alle fünf in die Confitería Ideal gingen, wo ihr Bruder Leon ihr damals ihren zukünftigen Ehemann vorgestellt hatte. Sie wusste, dass Vicente diese Teestube, in der sie sich kennengelernt hatten, immer gemocht hatte. Dass er diesen Ort, der ausschließlich mit Möbeln und Materialien aus Europa eingerichtet war, immer geschätzt hatte. Vicente kannte den Chef, Don Manuel, der ihnen vor Jahren, kurz nach ihrer Hochzeit, einmal gesagt hatte, dass die Sessel im großen Saal aus Prag kämen, dass die Kronleuchter französisch und die Deckenverglasungen in Italien entworfen worden seien, dass die Holzvertäfelungen aus slowenischer Eiche bestünden und dass der Marmor der Säulen und Treppen und die geschliffenen Kristalle der Vitrinen und die Bronze der Wandleuchten ebenfalls aus den großen europäischen Hauptstädten stammten – wohin, hatte Vicente Rosita damals versprochen, sie eines Tages gemeinsam reisen würden.

Als sie mit ihrem Mann und ihren Kindern den großen Saal betrat, konnte Rosita nicht anders, als die Gegenwart zu vergessen und bei dem Gedanken an jene Versprechen zu lächeln. Bei dem Gedanken an jene Versprechen und an Vicentes unversiegbaren Redefluss. »Wie konnte er nur so gesprächig sein, so mitteilsam – so charmant? Und wie kann er mich jetzt derartig vergessen?«

Vicente wiederum dachte, als er mit seiner Familie den großen Saal betrat und nach einem freien Tisch Ausschau hielt, an gar nichts. Obwohl er zu Hause dem Vorschlag seiner Frau zugestimmt, obwohl er seine Töchter unterwegs an der Hand gehalten hatte und zehn Minuten lang fast anwesend gewesen war, steckte er sich in der Confitería Ideal sofort eine Zigarette an, und wieder nahm das Weiß seinen ganzen Kopf in Beschlag. Er setzte sich und rauchte, ohne auf das Gerede seiner Töchter, auf die Einsamkeit seines Sohnes, auf die traurige Wehmut seiner Frau zu achten. Von Neuem existierte die Außenwelt nicht mehr. Von Neuem drifteten seine Gedanken in die verschneite weite Ebene ab. Er fühlte nichts mehr. Nur ein paar Tropfen Säure träufelten regelmäßig in seinen Bauch und zogen eine schmerzliche Furche, um ihn an sein Unglück zu erinnern. Vicente spürte und dachte nichts – bis er Rositas Blick begegnete und sah, wie sie sich umschaute: Plötzlich musste er daran denken, dass sie sich bestimmt an ihr erstes Treffen und die unzähligen weiteren Male in diesem Café erinnerte, an seine Worte und an ihr Glück. Und er dachte schmerzlich, dass alle ihre Erinnerungen stimmten: Es stimmte, dass er sie nach Europa hatte mitnehmen wollen, und es stimmte, dass er diesen Ort und diese Materialen geliebt hatte – Dinge, die ihn an seine Vergangenheit erinnerten und die er mittlerweile hasste.

Nach dem Tee gingen Rosita, Vicente und die Kinder langsam wieder nach Hause. Das Schweigen des Vaters hatte auf die ganze Familie abgefärbt, die Kinder, sogar der bald fünfjährige Juan José, sagten aus Nachahmungstrieb oder aus Respekt oft minutenlang kein Wort. Unterwegs tastete er nach der Hand seines Vaters. Sobald er die Hand seines Sohnes spürte, zog Vicente seine fast unbewusst zurück und lief mit geduckten Schultern und gesenktem Kopf weiter. Rosita hatte die zärtliche Geste ihres Sohnes und die grausame Erwiderung ihres Mannes gesehen, sie biss die Zähne zusammen, um nicht zu weinen. »Warum nur? Warum tut er das? Warum ist er nicht mehr da? Warum denkt er nicht mehr an uns? Warum liebt er uns nicht mehr? Warum nur? Warum ist alles vorbei? Warum besteht er so auf diesem Schweigen, das uns umbringt, das unsere Kinder, unsere Familie, unsere Liebe, unser Leben zerstört?«

An diesem Abend schliefen die Kinder spät ein. Rosita hatte ihnen eine Geschichte vorgelesen, dann eine weitere und noch eine letzte. Erschöpft, weil sie sich den ganzen Tag lang allein um die Kinder gekümmert hatte, schminkte sie sich ab, putzte sich die Zähne und gab ihrem Mann einen Gutenachtkuss. Vicente sagte kein Wort, aber er ließ ihren Kuss auf seine Stirn geschehen und legte für einen Augenblick seine Hand auf ihre. Rosita ging ins Schlafzimmer, und Vicente blieb im Wohnzimmer sitzen, die Augen auf das dunkle Fenster vor dem kleinen Balkon geheftet, in die Betrachtung des schwarzen Himmels versunken. Etwa zehn Minuten lang blieb er so sitzen. Dann ging auch er. Er stand auf, nahm seine

Jacke und verließ die Wohnung, um sich in der Nacht von Buenos Aires einen Pokertisch zu suchen.

Rosita gelang es nicht, die Fragen, die sie den ganzen Tag lang quälten, aus ihrem Kopf zu verscheuchen, sie hatte schon das Licht gelöscht, schlief aber noch nicht: Sie hatte ihren Mann fortgehen gehört, wie fast jede Nacht seit Monaten, und weinte lange in ihr Kopfkissen. »Warum?! Warum liebt er mich nicht mehr?! Warum rührt er mich nicht mehr an?! Warum küsst er mich nicht mehr?! Warum schläft er nicht mehr mit mir?! Notfalls ohne zu reden?!« Rosita weinte untröstlich, bis sie hinter sich eine helle Stimme hörte.

»Mama?«

Neben dem Bett standen Martha und Ercilia und hielten im Halbdunkel einander an den Händen. Sie schauten sie unverwandt an, ein bisschen traurig und ein bisschen erschrocken.

»Es ist wegen Juanjo … er ist aufgewacht …«

»… und wir haben dich gerufen, aber …«

Rosita hatte sie nicht gehört. Vor lauter Weinen. Sie stand auf, entschuldigte sich, sie nicht gehört zu haben, nahm sie in die Arme, brachte sie in ihr Zimmer zurück und tröstete Juan José, der rasch wieder einschlief. Sie bat ihre Töchter nochmals um Entschuldigung, deckte sie zu und küsste sie.

»Warum bist du denn ganz nass?«

Rosita hatte nicht einmal gemerkt, dass ihr Gesicht tränenüberströmt war.

»Was ist denn passiert?«

»Nichts, gar nichts …«

Rosita trocknete sich das Gesicht, beruhigte sie, küsste sie erneut und ließ das Licht an, als sie zurück ins Bett ging. Sie ließ das Licht an, um ihre Töchter zu beruhigen. Und sich selbst.

An einem Samstagabend Anfang Februar 1943, sie waren gerade aus Mar del Plata zurückgekommen, erhielten Vicente und Rosita Besuch von einem etwa dreißigjährigen Mann, den sie beide nicht kannten: Doktor Moshe Feldsher. Er trug eine Wolljacke, einen kleinen grauen Schal und einen dunklen Hut, als er an diesem besonders drückenden Südsommertag an ihrer Wohnungstür klingelte. Ein Blick auf seine für die Jahreszeit viel zu warme Kleidung verriet Vicente sofort, dass der Besucher erst seit Kurzem in Buenos Aires war. Moshe Feldsher war ein Freund von Berl. Sie hatten im Ghetto, aus dem ihm ein halbes Jahr zuvor die Flucht gelungen war, gemeinsam gearbeitet. Auf Jiddisch berichtete er von der langen Reise aus Polen über Russland nach Finnland, wo er sich nach Brasilien hatte einschiffen können. Nachdem er fast zwei Wochen lang in São Paulo festgesessen hatte, war er endlich nach Buenos Aires gelangt. Vicentes älterer Bruder hatte ihm noch eigenhändig ihre Adresse gegeben. Moshe Feldsher erzählte, dass Berl und seine Frau ihm nach seiner Deportation aus Berlin bei seiner Ankunft im Warschauer Ghetto sehr geholfen hätten, und kam auf ihre Arbeitsbedingungen zu sprechen:

»In den ersten Monaten suchte man uns wegen diverser Krankheiten auf, vor allem wegen Typhus und Tuberkulose. Wir haben sechzehn, achtzehn Stunden pro Tag gearbeitet. Auch wenn die meisten kein Geld hatten, haben wir versucht, alle Patienten zu behandeln. Als es immer weniger Medikamente gab, haben wir uns nur noch auf eine einzige Krankheit konzentriert, die einzige, über die wir im Studium nie etwas gelernt hatten …«

»Auf welche denn?«, fragte Rosita aus der Küche, wo sie gerade Kaffee kochte.

»Auf den Hunger.«

Da Vicente kein Wort verlauten ließ, kam Rosita ins Wohnzimmer zurück, um die Unterhaltung fortzuführen:

»Aber … ich verstehe nicht. Warum haben Sie denn nie etwas über den Hunger gelernt?«

»Aus einem ganz einfachen Grund: Es ist die einzige Krankheit, die sich nicht heilen lässt.«

Moshe Feldsher nahm die Kaffeetasse, die Rosita ihm reichte, und dankte ihr mit einem Lächeln.

Vicente unternahm eine ungeheure Anstrengung, um das seit Wochen auf ihm lastende Schweigen zu brechen, und artikulierte mühsam drei Wörter in jener Sprache, die er seit seinem Fortgang aus Warschau nicht mehr gesprochen hatte:

»Und meine Mutter?«

Moshe Feldsher erzählte ihm die Neuigkeiten, sofern sich Informationen, die ein halbes Jahr alt sind, überhaupt noch als »Neuigkeiten« bezeichnen lassen. Zum Zeitpunkt seiner Flucht, sagte er, sei sie noch am Leben gewesen und habe trotz ihrer Schwäche weder an Tuberkulose noch an Typhus gelitten.

»Vielleicht ist es ja doch zu etwas nütze, einen Arzt als Sohn zu haben«, scherzte er gutmütig.

Mit einer für Vicente nur schwer erträglichen Teilnahmslosigkeit erzählte Moshe Feldsher weiter vom Ghetto, vom Krieg und seiner Verlobten, die zum Glück mit ihm geflohen sei und ein Kind erwarte. Dann trank er seinen Kaffee aus und verzichtete, womöglich seinerseits vom Schweigen seines Gastgebers gekränkt, dankend auf Rositas Einladung zum Abendessen. Vicente verabschiedete sich kaum von ihm und schaute auf den kleinen Balkon vor dem Wohnzimmer. Der Tag starb endlos vor sich hin. Der Himmel war schon dunkel, vor dem blut- und honigfarbenen Horizont schwebten längliche helle Wolken.

Wie so oft in letzter Zeit hatte Vicente sprechen wollen, aber nicht sprechen können. Wie hätte er es diesem Mann gleichtun und so sorglos, unbeschwert und wohlmeinend reden können, während sich das Schicksal seiner Mutter und seines Bruders in zwölftausend Kilometern Entfernung vielleicht in genau diesem Augenblick entschied? Kurz nach Moshe Feldshers Aufbruch, der Himmel war inzwischen tiefschwarz, griff Vicente, immer noch wortlos, nach seiner Jacke und ging ebenfalls. Er traf Sammy in einem verqualmten Hinterzimmer einer Bar in Once und verspielte bis zum Morgengrauen beim Pokern alles, was er in der Tasche hatte. Anstatt nach Hause zu gehen, nahm er, das Herz voller Scham, den Weg ins Geschäft. Auf einem unverkauften Sofa im Lager im Untergeschoss versuchte er, sich für ein paar Stunden auszuruhen. An diesem Tag hatte er zum ersten Mal einen Traum, den er in seinem Leben noch oft haben sollte. Er träumte, dass er in seinem Bett lag, dass er aufwachte und aufstand und merkte, dass man um ihn herum eine Wand errichtet hatte. Er versuchte, die Wand zu umgehen, aber sie schloss ihn ein, und sie war undurchdringlich, absolut undurchdringlich. Vicente versuchte es mit Springen, Graben und Hämmern, aber die Wand war ebenso hoch wie robust. Als Vicente sich wehrte, begann die Wand leise zu knirschen, bewegte sich und zog sich noch enger um ihn. Enger und enger, bis es überhaupt keinen freien Raum mehr gab. Vicente hämmerte mit aller Gewalt an die Wand, und er schrie und kämpfte und schnappte nach Luft und schrie aufs Neue. Doch es half nichts: Die Wand zog sich immer enger um ihn, schnürte ihm mehr und mehr die Luft ab. Plötzlich merkte Vicente, dass er ein Messer in der Hand hielt. Während die Wand sich so zusammengezogen hatte, dass er sie allmählich an seinem Körper spürte, packte Vicente, verzweifelt nach Luft ringend, das Messer und durchstieß sie. Er durchstach die Wand, er zerlöcherte und zerschnitt sie, der Schnitt begann zu bluten – und zu schmerzen.

Als er begriff, dass es sich bei der Wand um seine eigene Haut handelte und er keine andere Wahl hatte als den Erstickungstod oder die ebenfalls tödliche Selbstverstümmelung, wachte Vicente auf, keuchend und schweißgebadet. Es war fast Mittag. Vicente beruhigte sich, atmete tief durch, erhob sich und verließ das Geschäft. »Noch ein Sonntag«, dachte er auf dem Heimweg. »Ein sinnloser Sonntag, ein vergeblicher Sonntag, und danach ein ebenso vergeblicher, ebenso sinnloser Montag. Ein Sonntag. Zwei Sonntage. Drei Sonntage. Ein Sonntag, um die Sonntage zu zählen. Als wären die Tage und Wochen überhaupt noch von Bedeutung.« Vicente Rosenbergs Leben ging, wie so viele Leben, wie die von Millionen Juden, von Hunderttausenden Zigeunern und Zehntausenden Kommunisten, die ihre Angehörigen in den Lagern verloren hatten oder verlieren sollten, weiter. Es ging weiter wie für alle anderen verlorenen Menschen auf der Welt. Es ging weiter, ohne irgendwo hinzuführen. Es wurde weitergelebt, wie Leben oftmals weitergelebt werden: ziellos, ohne jeden Sinn. Vicente arbeitete irgendwie, er kümmerte sich irgendwie um seine Kinder, und er liebte irgendwie seine Frau. Buenos Aires war wohlhabend, quirlig und glanzvoll, Vicente lebte in aller Stille wunsch- und freudlos vor sich hin. Er ging die Treppe runter, lief durch die Stadt in sein Möbelgeschäft, verkaufte Schlafzimmer, Wohn- und Esszimmer. Manchmal fand er fast Gefallen daran. Manchmal gefiel ihm diese lächerliche, unbedeutende Routine fast. Manchmal gefiel ihm das Leben fast, so wie es ihm – fast – gefiel, als Gegenmittel für seine Schuldgefühle bis zum Morgengrauen zu spielen und alles, was das Geschäft ihm einbrachte, zu verlieren. Denn Vicente spielte, als wollte er mit dem Spielen nur verlieren. Er spielte immer mehr, und er verlor immer mehr. Nacht für Nacht. Er verlor, als bräuchte er nur alles zu verlieren, um seine Schulden begleichen zu können.

Rosita wusste nicht mehr, wie sie mit ihrem Mann

umgehen sollte. »Ich erinnere mich, wie wir uns kennengelernt haben. Ich erinnere mich an seine Arme, an seine Hände, an seinen Mund. Daran, dass er alles war. Dass er gleichzeitig er und ich war, und dass ich gar nichts mehr war. Und daran, wie gut es tat, nichts mehr zu sein.« Rosita hing ihren Erinnerungen nach. Sie dachte an seine Hände, an seine Augen, an seine Zunge, die von allem Köstlichen an ihr gekostet hatten. Ihre Vertrautheit war so innig gewesen. Und zugleich so sanft. »Ich erinnere mich, dass er weder meinen Körper noch meine Seele noch meine Lippen noch meine Wangen noch das, was er, ja wie genau nannte er es gleich, ach ja, das feine Porzellan meiner Haut, je vergessen konnte. Er redete so schnell, so gewandt, so sanft! Er war da. Ja, er war da. Richtig da! Er war er, und er war zwei, manchmal sogar zehn zugleich. Er war wie ein Fluss oder ein Meer oder ein Sturzbach. Wie eine Träne. Und ein Kieselstein. Er war wie ein Riff mitten auf dem Ozean.« Rosita erinnerte sich, und manchmal machte die Erinnerung sie glücklich, entlockte ihr ein Lächeln. Oft aber, sehr viel öfter, erinnerte sie sich, und es machte sie unglücklich, es tat ihr weh, und sie weinte verzweifelt. »Ich habe ihn geliebt. Ich habe ihn so geliebt. Mehr als mich selbst.« Rosita erinnerte sich an frühere Zeiten und verstand, jedes Mal ein bisschen besser, was gegenwärtig geschah. Sie verstand, dass Vicente sich nicht verzieh, seine Mutter nicht retten zu können, wusste aber nicht, wie sie ihm helfen sollte. »Ich könnte ihn zu überzeugen versuchen, dass er nichts dafür kann, dass er getan hat, was er konnte … Doch wozu? Ich weiß sehr wohl, dass das nicht stimmt, und er weiß es auch. Selbst wenn er ihr vor Jahren geschrieben hat, dass sie aus Warschau fortmüsse, selbst wenn er ihr geschrieben hat, dass sie zu uns nach Buenos Aires ziehen solle, hat er doch nie etwas dafür getan. Das weiß er. Er weiß, dass er etwas anderes hätte unternehmen müssen, dass es weit mehr gebraucht hätte, als ihr zu schreiben. Er hätte sie holen sollen. Oder zumindest seinem Bruder schreiben und ihn überzeugen müssen, sie herzubringen. Das ist ja das Problem: Es bringt nichts, ihm seine Schuldgefühle nehmen zu wollen – weil er sich zu Recht schuldig fühlt.« Rosita dachte täglich über die Situation ihres Mannes nach, fand aber nie eine Lösung für sein Problem. Ihrer Meinung nach hatte er Recht gehabt, Polen samt seiner Mutter, seinem Bruder und seiner Schwester zu verlassen. Er hatte Recht gehabt, in die Ferne zu ziehen, um groß und erwachsen – um er selbst zu werden. Doch sie wusste auch, dass er gelogen hatte, als er seiner Mutter gesagt hatte, er wolle sie bei sich in Buenos Aires haben. So wie sie wusste, dass er sich selbst belogen hatte in dem Glauben, sie alle vor der Katastrophe retten zu können, die er bei seinem Fortgang aus Europa vorausgeahnt hatte. Diese Lügen und dieses Schuldgefühl machten jeden Dialog unmöglich. In den seltenen Fällen, in denen sie das Thema hatte ansprechen wollen, waren die Dinge rasch aus dem Ruder gelaufen. Und als sie versucht hatte, ihm zur Seite zu stehen, sein Schweigen zu teilen, war es noch schlimmer gewesen: Das einzige Mal, als er in den letzten Wochen ihre stille Anwesenheit neben sich geduldet hatte – sie sagte nichts, sie saßen auf dem Sofa im Wohnzimmer, sie hielt ihn schon seit einer Weile im Arm und streichelte ihm sachte über den Kopf –, hatte er irgendwann die Beherrschung verloren und ihr an den Kopf geworfen, dass sie nichts verstehe, dass sie nichts verstehen könne, ja nie irgendetwas verstehen werde, solange sie nicht das Gleiche durchmache wie er, was bekanntlich nie eintreten werde: denn ihrem Vater und ihrer Mutter sei es gelungen, vor den Pogromen zu fliehen, und sie lebten immer noch ganz in ihrer Nähe in Buenos Aires.

Ein unvorhergesehenes Ereignis sollte jedoch die schmerzliche Eintönigkeit dieser düsteren Tage durchbrechen. Eines Tages nach Feierabend, nur wenige Wochen nach dem Besuch von Doktor Moshe Feldsher, sah Vicente hinten im Tortoni Sammy beim einsamen

Billardspielen zu, als Ariel plötzlich strahlend ins Café stürmte. Es war Ende April 1943, und Ariel rannte mit der Titelseite von *La idea sionista* auf seine Freunde zu: Die Einwohner des Warschauer Ghettos hatten gegen die Deutschen zu den Waffen gegriffen. Ariel war euphorisch. Schnell ließen sich Sammy und Vicente von seiner Begeisterung anstecken. Ariel bestellte Champagner, sie tranken und diskutierten, verließen das Tortoni und gingen auf die Rennbahn in Palermo. An diesem Tag gewann Vicente zum ersten Mal seit Monaten seine Wette. Er kam kurz nach dem Abendessen nach Hause, ein stattliches Bündel Scheine in der Tasche. Verblüfft über das Lächeln, das sein Gesicht erhellte, sah Rosita ihn an.

»Was ist denn passiert?«

»Ich, ich habe gewonnen … und … und sie haben den Aufstand gewagt! Den Aufstand!!! Stell dir das nur vor! Sie haben zu den Waffen gegriffen und angeblich Dutzende Deutsche getötet!«

In seiner Euphorie übertrieb Vicente nicht nur die Anzahl der getöteten Nazis, er fand sogar für Minuten seine Sprache wieder und erzählte seiner Frau ausführlich von den Neuigkeiten, die er in der Zeitung gelesen, und von dem, was Ariel zu berichten gehabt hatte. Ein irrationaler Optimismus machte sich in seinem Herzen breit. Da Vicente wie viele andere der festen Überzeugung war, dass der Ausgang der Kämpfe im Ghetto ungewiss sei, las er in den kommenden zwei Wochen wieder Zeitung und sprach täglich. Seine Hoffnung, sein Optimismus und seine Euphorie, die Rosita beglückt quittierte, waren ebenso irrational wie berechtigt, weil die Einwohner des Ghettos tatsächlich für kurze Zeit den deutschen Soldaten Widerstand leisten konnten. Nachdem sie erfahren hatten, dass die im Juli 1942 begonnenen Massendeportationen nicht in weiter östlich gelegenen Arbeitslagern endeten, sondern in den Gaskammern von Treblinka, hatten zwei vom polnischen Widerstand unterstützte jüdische Organisationen des Ghettos zu den Waffen gegriffen. Anfangs war es ihnen gelungen, die versuchte Rückeroberung durch die Wehrmacht zu verhindern. Der Kampf um jede einzelne Straße, um jedes einzelne Haus sollte fast einen Monat dauern. Zur selben Zeit begann Vicente in Buenos Aires wieder zu sprechen, aber auch, sich erneut um seine Kinder zu kümmern und seine Frau zu lieben. Da die einzigen Nachrichten von seiner Mutter, die Doktor Moshe Feldsher ihm überbracht hatte, bereits über ein halbes Jahr zurücklagen, glaubte er, dass ihr Schicksal noch nicht besiegelt sei, dass es sich wahrscheinlich gerade in den Straßen des Warschauer Ghettos entschied.

Die Hoffnung war nur von kurzer Dauer. Bei ihrem

zweiten Versuch hatte die Wehrmacht nicht nur die Kontrolle über das Ghetto zurückgewonnen, sondern auch einen Großteil der Häuser in Brand gesetzt und die Aufständischen dezimiert. Am 12. Mai 1943 beging Szmul Zygielbojm, der als Erster die Weltöffentlichkeit über die von den Nazis in Polen begangenen Massaker informiert hatte, in London Selbstmord, um gegen die Passivität der internationalen Gemeinschaft zu protestieren. Ungeachtet vereinzelter Kämpfe, die noch bis zum Juli anhalten sollten, ließ Jürgen Stroop, Generalleutnant der Polizei und SS-Gruppenführer in Warschau, am 16. Mai die Große Synagoge sprengen, um den Sieg gegen die Aufständischen zu feiern. »Die Synagoge war sehr solide gebaut. Um sie mit einem Schlag in die Luft zu sprengen, musste eine Reihe umfangreicher Pionier- und Elektrikerarbeiten durchgeführt werden. War das ein herrlicher Anblick! (…) Der Kommandeur der Pioniereinheit ließ mir den elektrischen Apparat übergeben. (…) Schließlich rief ich ›Heil Hitler!‹ und drückte auf den Knopf. Die ungeheure Explosion riss die Flammen bis zu den Wolken. Ein durchdringender Knall folgte, die Farben waren geradezu märchenhaft. Eine unvergessliche Allegorie des Triumphes über das Judentum.« Mit diesen Worten beschrieb Stroop später die Explosion, als wäre er ein Kind, dem man ein Spielzeug mit Knalleffekt geschenkt hätte. Und tatsächlich beschränkte sich die Wirklichkeit darauf: Stroop hatte die langen Arbeiten der Pioniereinheiten abgewartet, auf den Knopf gedrückt und einen Knalleffekt erzeugt. Am Ende des Nordfrühlings waren fast alle Häuser im Inneren des Ghettos sowie die Große Synagoge außerhalb des Ghettos ein einziges Ruinenfeld.

Wincenty, mein Liebling,

ich habe überhaupt keine Nachrichten mehr von Dir. Vielleicht hast Du mir geschrieben, aber die Post funktioniert nicht mehr wie früher. Gar nichts mehr funktioniert wie früher. Trotzdem hoffe ich, dass Du diesen Brief bekommst. Shlomo hat mir gesagt, dass er ihn bestimmt auf die andere Seite bringen könne, damit er Dir geschickt wird. Wir haben fast alles verkauft. Möbel, Bücher, Kleidung. Aber das alles ist nichts mehr wert. Das Wenige, das uns noch bleibt, sogar der letzte Ring, den Dein Vater mir geschenkt hat, als wir uns kennengelernt haben, hat überhaupt keinen Wert mehr. Nur Essbares ist noch etwas wert. Und wie alle haben wir Hunger. Das ist ein furchtbares Gefühl. Ich hätte nie gedacht, dass man solch einen Hunger haben kann. Gestern hat Berl auf der Straße gesehen, wie zwei Männer ein Kind wegen zwei Kartoffeln verprügelt haben. Das Kind war noch nicht einmal zehn. Sie haben es halbtot auf dem Gehweg liegen lassen.

Die deutschen Soldaten kommen nachts und dringen in unsere Wohnungen ein. Sie morden ohne Sinn und Verstand. Sie sagen, dass sie tun, was ihnen aufgetragen worden sei. Manche sind betrunken und kommen mit der Axt. Aber die Blicke der meisten sind im Laufe des Winters traurig geworden wie unsere.

Bitte, Wincenty, schick uns, was Du kannst. Ich weiß nicht, ob es uns erreicht, aber schick es uns trotzdem. Allein zu wissen, dass Du uns etwas geschickt hast, ist schon viel wert. Ich hoffe, dass es Rosita und den Kindern gut geht und das Geschäft läuft.

Deine Dich liebende Mutter

Die ersten Jacarandas färbten den Himmel von Buenos Aires schon mit ihren zarten blauvioletten Blüten, als Vicente diesen Brief seiner Mutter bekam. Aus unerfindlichen Gründen hatte er Monate aus Warschau gebraucht. Trotz seines Schmerzes und seiner Besorgnis, trotz der tiefen Verwirrung, in die ihn die Lektüre stürzte, antwortete Vincente ihr noch am selben Tag. Er schrieb ihr, dass Rosita und die Kinder wohlauf seien, dass im Geschäft alles zum Besten stehe, und legte schuldbeladen wie nie zuvor zwei Fünfzigdollarscheine in den Umschlag.

Von der Post ging Vicente direkt wieder nach Hause. Er sprach nicht mit Rosita. Er verschwieg ihr, dass er einen neuen Brief bekommen hatte. Wie hätte er es wagen sollen, seiner Frau von den verzweifelten Worten seiner Mutter zu berichten? An diesem Abend ging Vicente nicht aus dem Haus, um zu spielen. Wortlos aß er mit Rosita und den Kindern zu Abend und ging früh zu Bett. Er wollte schlafen. Mehr nicht. Er wollte schlafen und vergessen. Er träumte von einem Schlaf ohne Worte, ohne Gedanken, ohne Bilder. Von einem traumlosen Schlaf. Doch er schlief ein und hatte abermals jenen Traum, den er seit dem Besuch von Doktor Moshe Feldsher so häufig träumte. Das Erwachen in seinem Bett, die unüberwindliche Wand, die ihn umschloss, die sich immer enger um ihn zog, bis er keine Luft mehr bekam … Alles war wie immer, nur das normalerweise auf unerklärliche Weise in seine Hand gelangende Messer, mit dem er sich gleichzeitig Luft verschaffte und sich einen tödlichen Schnitt zufügte, wurde ihm jetzt von seiner Mutter gereicht, die auf einmal aus dem Nichts auftauchte.

Wieder einmal schreckte er, völlig außer Atem, aus dem Schlaf. Rosita legte ihm eine Hand auf die Schulter. Noch völlig verstört brauchte Vicente eine Weile, um sie zu erkennen.

»Ist alles in Ordnung?«

Da Vicente nicht antwortete, streckte Rosita die Hand nach der Nachttischlampe aus. Doch Vicente wehrte ab.

»Nein, nein, lass … es geht schon.«

Er nahm ihre Hand und drückte sie an seine Wange. Rosita ließ das Licht gelöscht. Sie legte sich auf das Kopfkissen zurück und drehte sich zu ihm. Mit der Hand seiner Frau unter der Wange streckte sich Vicente wieder aus und drehte sich ebenfalls zu ihr. Mit ihren einander zugewandten Gesichtern und Rositas Hand unter Vicentes Wange ähnelten sie zwei verschreckten Kindern, die im Dunkeln die Augen aufsperrten. Vicente dachte an den Brief seiner Mutter. Er erinnerte sich an ihre Worte und hörte ihre ruhige, melodische, ein bisschen heisere Stimme. Er hörte die Stimme seiner Mutter sehr deutlich, so deutlich wie noch nie, seitdem er Warschau verlassen hatte.

Im Halbdunkel blickte Rosita ihn sorgenvoll an. Vicente wirkte so weit weg, so hilflos, so mitgenommen. Rosita versuchte, ihn beruhigend anzulächeln – doch es wurde eher ein betrübtes Lächeln daraus. Vicente reagierte ohnehin nicht darauf: Er hatte es kaum bemerkt. In diesem Moment sah er durch die Augen seiner Frau hindurch, um sich in weiter Ferne zu verlieren, jenseits des Bettes, des Schlafzimmers, der Wohnung, der Straße, des Ozeans: Genau in diesem Moment irrten seine Augen unablässig über die verschneiten Straßen Warschaus.

Plötzlich jedoch ließ Vicente von der Erinnerung an seine Mutter und seine Stadt ab, kehrte in das Schlafzimmer zurück und sah seine Frau an. Er schaute sie ebenso unverwandt an wie sie ihn. Innig und verzweifelt. Rosita, die die plötzliche Veränderung in seinem Blick bemerkte, setzte unwillkürlich zu einer Frage an:

»Sag mal …«

Rosita wusste nicht, was sie von ihrem Mann hören wollte, sie hatte keine Ahnung, was er ihr sagen könnte, aber sie forderte ihn sanft zum Sprechen auf. Noch lange sah Vicente sie stillschweigend an. Er hätte ihr gern etwas geantwortet, ihr gesagt, was er empfand, was der Brief seiner Mutter in ihm auslöste, oder wenigstens etwas anderes, einen winzigen Teil seiner Gefühle, ein paar Worte aus dem Brief, ja, er hätte lügen, sie mit einer belanglosen Lüge beruhigen wollen. Er hätte ihr gern irgendetwas geantwortet, nur um ihr zu zeigen, dass er sie hörte, dass es sie gab – aber er schaffte es nicht. Er kannte dieses Gefühl schon vom vorherigen Brief seiner Mutter, doch erst nach diesem spürte er, dass er sich nicht mehr nur zu sprechen weigerte, sondern es schlicht nicht mehr konnte. Er wollte sprechen, aber als Gefangener im Ghetto seines Schweigens *konnte* er nicht mehr sprechen. Er hatte es verlernt.

Von diesem Brief – dem letzten – sollte Vicente nie ein Wort sagen, weder seiner Frau noch seinen Kindern noch irgendjemandem sonst.

Am Tag nach dieser unruhigen Nacht aß Vicente, so wie seit seiner Hochzeit fast immer einmal im Monat, mit seiner Frau und den Kindern bei Rositas Eltern zu Mittag. »La Fabrica«, so nannte sich das Haus, in dem sie wohnten und das direkt neben der Werkstatt für die Holzmöbel lag, war einer jener für Buenos Aires typischen großen, eingeschossigen Kästen mit Innenhof. Und die monatliche Mahlzeit, dieses kleine Familienessen, war ein Ereignis, auf das Martha und Ercilia inzwischen erwartungsvoll hinfieberten. Eltern, Kinder, Enkel ... oft waren sie mindestens zwanzig. Vicente hatte diese gemeinsamen Mahlzeiten zwar nie sonderlich gemocht, aber immer gute Miene zum bösen Spiel gemacht. Obwohl er (wie er im Scherz einmal zu Rosita gesagt hatte) seine Schwiegerfamilie »ein bisschen ungehobelt« fand, war sie ihm ans Herz gewachsen. Jetzt, wo die Kinder größer wurden, wo sich die Mädchen so auf dieses Wiedersehen mit ihren vielen Cousins freuten, war das

Ereignis sogar in seinen Augen unweigerlich ein freudiges.

Wie bei jedem dieser Mittagessen seit drei Jahren fragte Rositas Vater, Pini Zapire, den die Cousins überflüssigerweise schon »abuelo Zeide« nannten, Vicente auch an diesem Freitag, bevor sie sich zu Tisch setzten, wie denn das Geschäft laufe. Er nahm immer am Schicksal seines Schwiegersohns Anteil, wollte sich vergewissern, dass er gute Arbeit leistete und das Geschäft, das er ihm hinterlassen hatte, florierte – und außerdem unterhielt er sich einfach gern über Möbel.

»Nun, was sagst du zu den neuen Anrichten aus Quebracho? Hast du gesehen, wie fein sie gearbeitet sind?«

Es kostete Vicente enorme Überwindung, ihm eine kurze Antwort zu geben, die ebenso knapp wie erfreulich ausfiel: Wie alle Geschäfte in Buenos Aires damals lief sein Möbelverkauf, obwohl er sich immer weniger darum kümmerte, tatsächlich nicht übel.

Bei Tisch – es gab das traditionelle Zitronenhuhn mit Ofenkartoffeln, und die Kinder fielen über ihre Teller her – versank Vicente erneut in seinem Schmerz, in seinem Schweigen. »Wir haben Hunger. Das ist ein furchtbares Gefühl. Ich hätte nie gedacht, dass man solch einen Hunger haben kann.« Vicente betrachtete die Kinder, das Essen und erinnerte sich an diese Worte aus dem letzten Brief seiner Mutter, dem Brief, von dem er niemandem erzählt hatte. Ob sie immer noch Hunger hatte? Womöglich hatte sie in genau diesem Augenblick, wo er und seine Frau und seine Kinder es sich in Buenos Aires gemeinsam schmecken ließen, Hunger und Durst? Warum? Warum tat man ihr das an? Warum saß sie nicht hier bei ihnen, an diesem Tisch, wie die Eltern seiner Frau, mit ihren Enkeln? Vicente starrte auf das Huhn, auf die Kinder, die Erwachsenen und quälte sich mit diesen Fragen. Dabei war er nicht nur um eine Antwort verlegen: Er suchte nicht einmal nach ihr. Wozu auch? Die einfachsten, scheinbar leicht zu beantwortenden Fragen sind oft die grausamsten – sie sind die grausamsten, weil es keinen Grund gibt, sie zu stellen.

Durstig wie ich bin, sehe ich vor dem Fenster in Reichweite einen schönen Eiszapfen hängen. Ich öffne das Fenster und mache den Eiszapfen ab, doch gleich kommt ein großer und kräftiger Kerl, der draußen herumging, und reißt ihn mir mit aller Gewalt aus der Hand.

»Warum?«, frage ich in meinem beschränkten Deutsch.

»Hier ist kein Warum«, gibt er mir zur Antwort und treibt mich mit einem Stoß zurück.

Erst Jahre später sollte Vicente diese Worte Primo Levis lesen, die die Absicht der Nazis beschreiben, in den Lagern einen radikal anderen Raum zu schaffen, einen Raum, in dem es kein Warum geben sollte. In den düsteren Jahren, als Vicente in Buenos Aires, von seinem Schuldgefühl überwältigt, Tag für Tag Nachrichten von seiner Mutter erhoffte und fürchtete, als er keine Antwort auf die unzähligen Fragen fand, die sein Herz bestürmten, hatte er sich oft gesagt, dass es Dinge gab, die kein Warum hatten. Erst sehr viel später, als er das ganze Ausmaß der Shoah entdeckte, begriff er, wie einfach der Unterschied war: Im Leben gibt es Dinge, die kein Warum haben. In den Lagern hatten es die Nazis erfolgreich darauf angelegt, dass *nichts* ein Warum hatte.

Bis zum Kriegsende hatte Vicente nicht gewusst, was er danach mit aller Wucht erfahren sollte. Doch sobald er den letzten Brief seiner Mutter gelesen hatte, konnte er sich genug zusammenreimen, um nicht mehr darüber sprechen zu wollen. Er wusste genug, um zu beschließen, nicht mehr nur mit halbem Auge, sondern gar nicht mehr hinzuschauen: Von heute auf morgen gab er es wieder auf, Radio zu hören, Zeitung zu lesen und sich an den Kaffeehausgesprächen zu beteiligen. Er hatte beschlossen, nie mehr über all das, ja überhaupt nicht mehr zu sprechen.

In dieser reglosen Flucht, in dem beständigen Streben nach Unwissenheit, in dieser unseligen Entscheidung für einen langsamen, gründlichen Tod sollte ihm nur eins beim Überleben helfen: das Spiel. Die Pferde, das Kasino – und vor allem der Poker. Wie jeden Abend verließ Vicente auch an diesem Freitag des beginnenden Südsommers nach ihrer Rückkehr vom Familienessen die Wohnung auf der Suche nach einem Pokertisch.

Während der letzten beiden Kriegsjahre (und selbst danach, praktisch bis zu seinem Tod) half ihm das Spiel beim Überleben, weil er manchmal, selten, für ein paar Stunden oder Tage so tun konnte, als wäre er steinreich. Umgekehrt half ihm das Spiel beim Überleben, weil es ihm zugestand, bettelarm zu sein: alles zu verlieren und zu leiden. Wie das Schweigen sollte das Spiel sein Gefängnis werden und seine Strafe. Wenn er auf die Rennbahn ging, wenn er am Pokertisch Platz nahm oder mit Ariel und Sammy einen Wochenendausflug ins Kasino von Mar del Plata oder Montevideo machte, schien alles wieder an seinen Platz zu rücken: Es galt nicht mehr, zu leben, nach und nach sinnvoll etwas aufzubauen, es galt lediglich, alles auf einmal aufs Spiel zu setzen – in der Hoffnung, auch alles auf einmal zu verlieren.

Rosita liebte ihn genug, um ihm in seinem Schmerz beizustehen, doch er wollte ihren Beistand nicht. Seine Töchter, sieben und neun Jahre alt, waren groß genug, um ihn verstehen zu können, doch er wollte ihr Verständnis nicht. Nachdem er sich bei der Lektüre des letzten Briefs seiner Mutter das wenige Ausmalbare ausgemalt hatte, zog Vicente es vor, zu schweigen und zu spielen. Sein Leben, sein eigentliches Leben, so sein Entschluss, sollte im November 1943 festgenagelt werden, wie ein vergessenes altes Foto an einer bröckeligen Wand. Schlagartig war Vicente sich zu diesem Zeitpunkt fremd geworden. Er war ein anderer geworden, ein anderer, ohne Sinn, ohne Hoffnung, ohne Zukunft. Das Entscheidendste von allem, was ihn getroffen hatte und möglicherweise noch treffen würde, hatte nicht ihm gegolten. Dabei hätte es ihm gelten sollen. Doch es hatte seine Mutter und seinen Bruder getroffen. »Ich will nicht mehr sprechen. Ich will nicht mehr denken. Ich will nicht mehr. Ich will nichts mehr, überhaupt nichts mehr. Ich will schweigen. Ja, einfach schweigen. Kein Wort mehr. Keinen Laut. Gar nichts mehr.« Vicente hatte wissen wollen, und er hatte nicht wissen wollen. Er hatte nicht wissen wollen, weil er dachte, dass alles Wissen schlimmer wäre als seine Unwissenheit. »Zuhören? Warum zuhören? Sprechen? Warum sprechen? Schweigen. Nicht wissen. Sich von alldem möglichst fernhalten. Außerhalb der Welt bleiben. Das werde ich ja wohl noch dürfen, oder?«

Bis zu diesem letzten Brief hatte Vicente die Zeitungen gelesen. Er hatte erfahren, dass die Situation im Warschauer Ghetto immer aussichtsloser, dass das Leben der Juden in Deutschland und den von Deutschland besetzten Ländern unerträglich wurde. Er hatte die grauenhaften Zeilen in *La Nación*, im *Daily Telegraph* und in der *New York Times* gelesen. Vor diesem letzten Brief hatte Vicente in den Zeitungen nach Anhaltspunkten, nach Schlüsseln und Spuren gesucht, die ihm helfen würden zu verstehen – und, wie alle, auch nach Gründen, um *nicht verstehen zu müssen*. Bis zum letzten Brief seiner Mutter hatte Vicente, wie alle Menschen, wissen und gleichzeitig nicht wissen wollen.

Nach diesem letzten Brief war alles anders. Nach diesem letzten Brief wollte Vicente nur noch leugnen. Alles. Umfassend und radikal. Er wollte wissen, wie sich die nackte Unwissenheit anfühlte. Er wollte in der Finsternis leben. Nicht mehr nur nicht wissen, sondern ausdrücklich *nicht* mehr wissen. Er wollte gar nichts mehr wissen. Selbst das nicht, was er schon wusste. Er wollte weder wissen, was bereits geschehen war, noch was in Zukunft geschehen könnte: weder was seine Mutter oder seinen Bruder, noch was seine Frau, seine Kinder oder ihn selbst betraf.

Vermutlich zählt dies zu den erstaunlichsten Eigenschaften des Menschen: So wie der Körper, wenn er zu große Schmerzen empfindet oder zu schwach ist, sich vorübergehend in eine Ohnmacht rettet, um wie eine schnöde Maschine einfach wieder neu anspringen zu können, verdüstert sich auch der Geist, wenn Schmerz und Hilflosigkeit übermächtig werden, er verstummt und verschließt sich, um zu überleben oder vielmehr um etwas überleben zu lassen – etwas, was noch menschlich ist und bereits nicht mehr, etwas, was noch uns selbst und bereits niemandem mehr entspricht.

Nach diesem letzten Brief hatte Vicente aufgehört zu glauben. An alles. An seine Frau, an seine Kinder und an sich selbst. Er hatte aufgehört zu glauben, dass das Leben wichtiger sei als der Tod.

Und dennoch hatte nach diesem letzten Brief, wie nach der enttäuschten Hoffnung des Aufstands im Warschauer Ghetto das Leben wieder seinen Gang genommen. Seinen quälend langsamen und quälend leeren Gang. Vicente hatte zu nichts mehr Lust. Doch er stand Tag für Tag auf und ging Tag für Tag zur Arbeit. Tagsüber lebte er, in sein Schweigen eingeschlossen, sein Familienleben, nachts spielte er. Er spielte, um sich zu bestrafen – und um zu vergessen. Auch wenn es ihm nicht im Entferntesten gelang. Ariel sagte oft zu ihm, er müsse eben einfach, er habe keine Wahl, er solle an etwas anderes denken, sich losreißen aus dieser Schwermut, die ihn langsam umbrachte, allein schon für seine Frau, für seine Kinder. Er müsse sich auf seine Arbeit konzentrieren. Er solle vergessen und, vor allem, solle er aufhören zu spielen – endlich aufhören, alles zu verlieren.

Vicente hörte sich die Ratschläge seines Jugendfreundes an, aber er gab keine Antwort. Er wusste, dass er vergessen musste, er wusste, dass er aufhören musste zu spielen, dass er Rosita, Ercilia, Martha und Juan José diese Anstrengung schuldete, aber er war nicht zu der geringsten Anstrengung in der Lage. Das Einzige, was er in seltenen Momenten der Klarheit gelegentlich noch hoffte, war, eines schönen Morgens nach einer durchspielten Nacht so erschöpft und verarmt einschlafen zu können, dass er beim Aufwachen alles vergessen hätte. Einfach alles, unbemerkt, unbewusst und unabsichtlich. Er träumte davon, eines Tages aufzuwachen und sich nur noch daran zu erinnern, dass er etwas gewusst hatte, was er nicht mehr wusste: sich, wie so oft im täglichen Leben, daran zu erinnern, dass er etwas vergessen hatte, ohne zu wissen, was.

Doch ein solches Erwachen gab es nicht. Vicente träumte von diesem neuen Morgen, doch er wachte Morgen für Morgen auf und war noch immer derselbe: mit denselben Erinnerungen, denselben Schuldgefühlen und demselben Wunsch zu vergessen.

Eines Tages jedoch, als Vicente schon seit Monaten nicht mehr sprach, nicht mehr ins Tortoni ging, nur noch schweigend im Geschäft arbeitete (oder vielmehr so tat, während er Jorgos, seinem tatsächlich arbeitenden Angestellten, zusah), kamen Ariel und Sammy vorbei und zeigten ihm Zeitungen mit Freudenkundgebungen auf den Straßen des soeben befreiten Paris. Vicente reagierte kaum, gab seinen Freunden keine Antwort, zeigte weder Genugtuung noch Bedauern. Doch als er an diesem Abend nach Hause kam, war er ein bisschen sanfter als sonst zu Rosita, und nachts, nachdem sie die Kinder ins Bett gebracht hatten, taten sie etwas, was sie schon seit Monaten nicht mehr getan hatten: Sie schliefen miteinander. Das war Anfang September 1944.

Am nächsten Morgen sagte Rosita ihm, entschlossen und bange zugleich, dass sie ihr Pharmaziestudium wieder aufnehmen wolle.

»Ich weiß, dass du dagegen bist. Ich weiß, dass du das nicht willst. Aber ich kann nicht mehr, Vicente. Ich ersticke. Ich ersticke in dieser Wohnung. Ich muss raus hier, ich muss etwas anderes tun. Ich habe meinen Vater gefragt, und er leiht mir Geld, damit wir uns Hilfe für die Kinder leisten können.«

Rosita schaute ihren Mann an und wartete auf ein Wort, eine Reaktion, einen Widerspruch. Sie rechnete damit, dass er wenigstens wütend werden würde, weil sie ihren Vater um Geld gebeten hatte. Doch wieder einmal sagte Vicente kein Wort.

»Wenn du wirklich sterben willst, wenn du langsam verenden willst, als gäbe es die Welt nicht mehr, als gäbe es überhaupt nichts Wichtiges mehr, nicht mal die Kinder, dann ist das deine Sache. Aber ich, ich will das nicht. Ich sterbe nicht mit dir.«

Wieder schaute Rosita ihn an. Wieder wartete sie. Doch Vicente senkte nur den Kopf und seufzte lange. Und an jenem Morgen, als die Wintersonne die Straßen von Buenos Aires streichelte, war es Rosita, die das Haus verließ und in die Stadt ging.

Vicente hätte antworten können, aber er tat es nicht. Er hätte sie zurückhalten können, aber er tat es nicht. Er hätte versuchen können, zu verstehen, weshalb seine Frau ihm all das ausgerechnet nach jener Nacht sagte, in der die Liebe kurzfristig über das Schweigen und den Tod triumphiert hatte, aber er tat es nicht. Er antwortete nicht, er hielt sie nicht zurück, und er versuchte nicht, sie zu verstehen, da nach dieser Liebesnacht für ihn wieder alles seine Bedeutung verloren hatte. Die kurze Freude, die er bei der Nachricht über die Befreiung von Paris empfunden hatte, war genau wie die unermessliche Hoffnung, die er in den Wochen des Aufstands im Warschauer Ghetto verspürt hatte, der Tatsache zuzuschreiben, dass er seine Mutter noch am Leben hoffte. Aus dem ebenso irrationalen wie logischen Grund, dass er noch nicht von ihrem Tod erfahren hatte.

»Wenn es dich nicht stört, schlafe ich im Geschäft …«

»Schon wieder?!«

Der Südwinter ging zu Ende, und der Frühling füllte die Straßen der Stadt allmählich mit Lachen und Geschrei, doch Vicente fühlte sich immer einsamer. Bevor er abends zum Spielen aus der Wohnung ging, sagte er Rosita manchmal, dass er nicht zu Hause übernachten werde.

»Ich schlafe im Moment nicht gut.«

Unter dem Vorwand, dass er Ruhe bräuchte oder die schattige Kühle in dem dunklen, langgestreckten Laden bevorzugte, schlief er nach dem Poker immer häufiger im Lager unter dem Geschäft. Und immer häufiger hatte er jenen Traum, den er zum ersten Mal nach dem Besuch von Doktor Moshe Feldsher geträumt hatte. Nun prüfte er in seinem Traum die Mauer, die um ihn errichtet worden war. Sobald sie sich enger um ihn schloss, begutachtete er die Steine, berührte sie und spürte die Feuchtigkeit, die aus den Ritzen kroch. Er wütete nicht mehr gegen die Mauer, er hieb nicht mehr mit den Händen, mit den Fäusten dagegen. Er musterte sie so eingehend und sachlich, als ginge ihn der von der Mauer verheißene Tod im Grunde nichts an. Irgendwann kam jedoch zwangsläufig der Moment, in dem die Mauer sich so eng um ihn geschlossen hatte, dass er in Luftnot geriet, er fand ein Messer oder einen Hammer, manchmal auch eine schwere Keule – und zerstörte sie plötzlich doch.

Immer wachte er genau in dem Moment auf, als er begriff, dass die Mauer, die ihn umschloss, die ihm die Luft nahm und die er wütend niederriss oder durchlöcherte, seine eigene Haut war.

Nach Paris waren auch Belgien und die Niederlande befreit worden, die Alliierten waren in Deutschland einmarschiert, die Rote Armee in Warschau. Vicente aber hatte sich erneut von allem, was in Europa vor sich ging, abgewandt. Er war in sein Gefängnis zurückgekehrt: zum Schweigen und zum Spielen.

An einem besonders dunklen Samstag Ende Oktober 1944 ging Vicente allein in eine besonders verruchte Bar am Hafen. Er spielte die ganze Nacht lang, und er verlor die ganze Nacht lang. Und als er alles verloren hatte, gelang es ihm, in dieser besonders dunklen Nacht, in dieser besonders verruchten Bar, sich von einem besonders dubiosen Spieler Geld zu leihen – das er ebenfalls verlor. Bei Tagesanbruch ließ man ihn nur gehen, weil der Wirt ihn und außerdem auch Ariel und Sammy kannte, die, das wusste er, notfalls für seinen Kunden zahlen würden.

Vicente ging vom Hafen in die Stadt zurück. Hinter den Bahngleisen stieß er auf eine Gruppe lärmender junger Leute, die gerade von einer Party kamen. Sie waren schlampig gekleidet und völlig überdreht. Sie waren ungefähr zu zehnt, redeten und schrien aber um das Dreifache. Als sie aus dem Haus polterten, rempelten sie Vicente an, ohne es in ihrem Übermut zu merken. Völlig mit sich selbst beschäftigt, die Jungen mit den Mädchen und die Mädchen mit den Jungen, machte keiner aus der Gruppe Anstalten sich zu entschuldigen. Niemand schien diesen Mann zu beachten, einsam, blass, zerschlagen, verloren im sanften Licht des Morgengrauens. Als sie auf schwankenden Beinen rauchend und schwatzend unter den Arkaden verschwanden, erkannte Vicente einen der Jungen, der Arm in Arm mit einem Mädchen ging: Es war Franz, sein junger deutscher Angestellter. Vicente sah ihm lange nach. Er wirkte so glücklich, so sorglos. Franz hatte ihn nicht gesehen. Unbekümmert bog er mit seinen Freunden um die Ecke.

Vicente blieb einen Augenblick lang stehen, verstört und außerstande, seine Verstörung zu begreifen. Dann ging er weiter. Er trank im Tortoni einen Kaffee an der Theke und brach auf, als es zu regnen begann. Die Avenida de Mayo war beklemmend und grau: die geschlossenen Geschäfte, die Autos, die vereinzelten Passanten, alles war beklemmend und grau, trist wie kurz vor dem Einsturz. »Müssen. Müssen. Die Pflicht. Es ist eine Pflicht. Eine Verpflichtung. Ich muss mich zu der Pflicht verpflichten, etwas zu tun. Etwas zu tun gegen das Wenige, das ich tue.« Mit gesenktem Kopf ging Vicente weiter, den Blick auf seine Füße gerichtet, die sich ebenso regelmäßig wie sinnlos vorwärtsschoben. Er kam auf dem Gehweg nur langsam voran, die Avenue dehnte sich endlos. Erschöpft und geschlagen ging er weiter, immer weiter, und die Gebäude rings um ihn bröckelten und zerfielen unter dem Regen wie Mauern aus Sand. »Ich muss etwas tun gegen das Wenige, das ich kann. Ich kann nicht. Ich kann nichts. Diesen Unterschied habe ich nie richtig begriffen.« Wie Kaulquappen zappelten aufs Neue schwanzlose Wörter durch seinen Kopf. Und er versuchte, ihrer Spur zu folgen, die ihm unweigerlich entglitt. »Oder wieder leben. Aufhören zu verlieren. Ja, wieder leben. Erneut ein Mann sein. Ein richtiger. Der Kapitän. Ein Mann, der lebt. Ein Mann, der spricht. Ein Freund, ein Ehemann, ein Vater. Ein … ein Kind. Wieder – ein Kind sein.« Bei diesen Worten, die er so laut dachte, dass er sie zu hören meinte, spürte Vicente, wie ihm Tränen über die Wangen liefen. »Das Treiben der Welt. Das Treiben der Straße, der Cafés, des Parks, der Bäume, des Winds, der Kinder in der Schule. Das Leben. Ja, das war das Leben. Doch das Leben ist gegangen. Es hat sich langsam entzogen. Und jetzt weiß ich nicht mehr, wo es ist. Ich bin einsam. Ich höre nicht mehr. Meine Ohren sind verschlossen wie Augenlider. Der Tag bricht an, und ich gehe unter. Ich weiß, dass ich untergehe. Und ich sinke. Ich sinke wie die Nacht, wie die Welt. Ich weiß nicht von wo, aber ich sinke. Ich weiß nicht wohin, aber ich sinke. Immer weiter. Ganz langsam. Ich sinke langsam in mein Grab. Ja. Das ist es. Und das genügt.« Ohne es zu merken, war Vicente bis zu seinem Geschäft gelaufen. Es war Sonntagmorgen, viertel nach sieben, und er hatte nicht den geringsten Grund, hier zu sein. Doch Vicente zog automatisch den eisernen Rollladen hoch. Betrat automatisch das Geschäft. Ohne genau zu wissen, was er wollte, wonach er suchte, ging Vicente ins Untergeschoss, in das Lager, wo er schon oft geschlafen hatte. Doch dieses Mal schenkte er dem unverkauften Sofa, das ihm so häufig als Bett gedient hatte, keine Beachtung. Vicente suchte nach einem Strick, den er in einer der großen Kisten, in denen man ihm vor ein paar Tagen neue Sofas geliefert hatte, vermutete. Er fand ihn und legte eine Schlinge. Er befestigte den Strick an einem der dicken Metallrohre, die an der Decke verliefen, und griff zu einem Stuhl im New Style, von dem er insgesamt fünfzig Stück hatte, die er nie losgeworden war. »Mit verschränkten Armen, mit geschlossenem Mund. Ich kann nicht mehr. Dabei ist es ganz einfach. Es ist vorbei. Ich verschwinde. Ein für alle Mal. Sterben. Langsam sterben. Langsam, aber endlich. Einen sanften Tod sterben. Einen sanften Tod. Meinen Tod. Meinen sanften Tod sterben.« Vicente kletterte auf den Stuhl und legte sich die Schlinge um den Hals. »Ja, möge mein Tod ein sanfter sei – selbst wenn ich sterbe.«

Vicente schloss die Augen und blieb für einen Moment auf dem Stuhl stehen, ohne zu denken. Schweigend verharrte er so. In einem wirklichen Schweigen. In seinem Kopf bildete sich kein einziges Wort mehr. Er war ruhig und gelassen. Er dachte noch nicht einmal daran, dass er endlich aufgehört hatte, sich zu quälen. Er dachte nicht einmal daran, dass er aufgehört hatte zu denken. Noch bevor er starb, hatte der Tod die Angst, die ihn seit Monaten am Leben hinderte, besänftigt. Vicente hatte keinen Zweifel, er zauderte nicht: Er wusste, dass er sterben würde. Er war hier. Endlich.

Angesichts seines eigenen Todes war er endlich er selbst – und doch schon niemand mehr.

Ein Schritt. Zwei Schritte … drei.

Vicente hatte schon Schwung genommen, um den Stuhl umzustoßen, als er oben im Geschäft auf einmal zögerliche Schritte hörte. Neugierig, schlichtweg aus Neugier, hielt er rechtzeitig inne. Er spitzte die Ohren, horchte. Weniger, weil er unbedingt wissen wollte, wer da sein mochte, sondern, weil er selbst kein Geräusch verursachen wollte. Der absurde Gedanke, dass jemand den Stuhl umkippen hören, ins Lager herunterkommen und seine Leiche sehen könnte, war ihm unangenehm. So als hätte er sich nach seinem eigenen Tod noch für sich selbst schämen müssen. Er blieb auf seinem Stuhl stehen, ohne sich zu rühren, lauschte und wartete. Er zweifelte nicht daran, dass dieser im morgendlichen Buenos Aires verlorene Mensch, dieser Eindringling, der keinen Grund hatte, hier zu sein, rasch wieder verschwinden würde. Geduldig hielt er inne. Schweigend, ohne das geringste Geräusch zu verursachen.

»Vicente?«

Unwillkürlich zuckte Vicente zusammen, als er Rositas Stimme erkannte. »Aber?! Aber warum? Was macht sie denn hier? Das ist doch nicht möglich! Nicht möglich, dass sie …« Auf einmal bildeten sich wieder Wörter in seinem Kopf. Die Sprache war zurückgekehrt, wie ein reißender Strom, belebend und quälend zugleich.

Vicente konnte seine Frau nicht sehen: Er hörte nur ihre Schritte, die langsam auf die Falltür zum Untergeschoss zukamen.

»Mi amor?«

Vicente antwortete nicht. Er fing jedoch unvermittelt zu schluchzen an. Abermals wurde sein Kopf von wirren Gedanken überflutet. Die Schlinge immer noch um den Hals, liefen ihm Tränen und Rotz übers Gesicht. Und sein schamerfülltes Herz wusste nicht mehr, auf welches Schicksal es hoffen sollte.

Er hielt sich die Hände vors Gesicht und versuchte, sein Schluchzen zu unterdrücken. Doch Rosita hatte ihn schon gehört. Sie war neben der Falltür stehen geblieben. Die offene Ladentür hatte ihr sofort bedeutet, dass er hier war. Jetzt stand sie abwartend neben der Leiter, die ins Lager runterführte. Vicente konnte deutlich ihren Schatten auf den Stufen sehen.

»Vicente? … Ich … ich wollte dir sagen, dass … dass ich … Ich wollte dir sagen, dass ich schwanger bin, mein Liebling.«

Anfang 1945, als das Kriegsende näher rückte, begannen die Zeitungen sogar in Argentinien, zunehmend über das Schicksal der Juden in Europa zu berichten. In dem Bemühen zu leugnen, was er nun, da die letzten Deutschen aus Polen vertrieben wurden und die Sowjets Auschwitz befreiten, hätte wissen können, verschloss Vicente immer noch mit aller Kraft die Augen. Da er nicht wissen wollte, da er nicht *mehr*, ja *nichts mehr* wissen wollte, selbst das nicht, was er schon wusste, schloss er sich in ein immer schwereres, immer kompakteres Schweigen ein, ein Schweigen, das tief in seinem Bauch wie ein bösartiger Tumor zu wuchern begann, das allmählich von seiner Brust, seinen Lungen, seinem Hals und seinem Schädel Besitz ergriff.

Die Anstrengung, mit der er sich gegen das Wissen wehrte, war zu seinem einzigen Lebensinhalt geworden. Als er irgendwann tatsächlich wusste, war Vicente untröstlich. Denn alles, was er geahnt hatte – alles, was er sich 1943 und 1944 hatte ausmalen und *nicht* hatte ausmalen können – war nicht so grauenhaft gewesen wie das, was tatsächlich war.

Vor 1945 hatte Vicente sich nicht ausmalen wollen, wie diese Lager, von denen zunehmend die Rede gewesen war, aussehen mochten. Er hatte sich nicht vorstellen wollen, ob sie eher einem Gefängnis, einer Nervenheilanstalt oder einem Viehmarkt glichen. Er hatte sich nicht vorstellen wollen, ob die Häftlinge eine Uniform trugen oder nackt waren. Er hatte sich zu denken geweigert, dass seine Mutter möglicherweise mit Gewehrkolben geschlagen, halb erfroren an den Haaren durch den Dreck geschleift oder gefoltert worden war, um ihr ein vermeintliches Geständnis zu entreißen. Vicente hatte sich geweigert, sich ein Bild von einer Wirklichkeit zu machen, die noch niemand wirklich gesehen zu haben schien – und wer sie angeblich gesehen hatte, konnte sie nicht begreifen, wer sie angeblich begriffen hatte, konnte sie nicht erklären.

Vicente hatte sich jedem Wissen verweigert. Und jeder Vorstellung. 1945 aber drängte sich ihm, wie allen, dieses Wissen zunehmend auf – und zwangsläufig auch die Vorstellung. Allmählich fragte er sich, was seine Mutter hinter den Mauern des Ghettos empfunden haben mochte. Er fragte sich, wie sie die überfüllten Straßen, die Bettler, die kranken Kinder wahrgenommen hatte. Wie sie die Kälte und den Hunger ertragen hatte. Wie sie hatte leben können, ohne zu wissen, was mit ihr passieren würde und, schlimmer noch, *nachdem* sie es wusste. Er fragte sich mit Tränen der Wut und Verzweiflung, wie sie die Deportation erlebt hatte, wie die Reise, eingesperrt in diesen Zug, gewesen sein musste, wie sie durch diesen Gang gelaufen war, wie sie auf den Befehl sich auszuziehen reagiert hatte, wie sie sich ausgezogen hatte.

In seinem Kampf gegen das Wissen, gegen die Vorstellung sollte Vicente nach und nach ein anderes Grauen erleben als das *letztlich kurze Grauen* von Treblinka: das eines schuldigen Lebens, eines Lebens, in dem er täglich von Schuldgefühlen zerfressen wurde; das Grauen, weggelaufen zu sein, das Grauen, seine Mutter zurückgelassen, sein Schicksal verfehlt zu haben, nicht da gewesen zu sein, wo er hätte sein sollen – und sei es, um mit ihr zu sterben.

»Hat sie geweint, als man sie aus dem Haus gezerrt hat? Hat sie geschrien? Was hat sie gemacht, als man sie in den Zug gesperrt hat? Was hat sie empfunden, als sie sich ausziehen sollte? Was hat sie gesagt? Was hat sie gedacht? Hatte sie überhaupt noch die Kraft zu sprechen? Zu empfinden? Zu denken?« Vicente hatte sich mit allen Mitteln gegen das Wissen und gegen die Vorstellung gestemmt, doch er wusste immer mehr, und in seinen Kopf fluteten ebenso undeutliche wie schreckliche Bilder. Unpersönliche, verwackelte Bilder, die sich allmählich zu einem einzigen verdichteten, zu einem, das er nicht mehr loswerden, das er immer sehen sollte, sobald er die Augen schloss und sobald er sie wieder öffnete: den nackten Körper seiner Mutter, so wie er ihn nie gesehen hatte, wie er ihn nie hätte sehen wollen, ihren erbärmlichen, vom Alter und von der Angst verbrauchten Körper, verloren in einer Vielzahl anderer, ebenso erbärmlicher Körper, die Hände vorgestreckt, als wollte sie sich schützen, ihren Körper und ihre dürren Beine, mitgerissen von Dutzenden, Hunderten, Tausenden ebenso dürren Beinen – den nackten Körper seiner Mutter, verloren in einer Unmenge zerbrechlicher, abgemagerter Körper, die mit Schlägen von Gewehrkolben in die Duschen getrieben wurden. Ja, wenn es ein Bild gab, das Vicente sich nie hätte vorstellen wollen und das er sich unablässig vorstellen musste, seitdem er die ersten Beschreibungen der Lager gelesen hatte, dann war es das seiner nackten, entkräfteten und erschöpften Mutter in diesem Duschraum, der keiner war.

Während Rositas Schwangerschaft erfuhr Vicente unweigerlich immer mehr von dem, was in Europa geschehen war. Doch er schwieg nach wie vor. Nie sollte er jemandem von dem letzten Brief seiner Mutter berichten. Oder von ihrem Tod. Nie sollte er Rosita oder seinen Kindern erzählen – selbst später als Erwachsenen nicht –, wann und wie seine Mutter umgekommen war, wann und wie sein Bruder. Nie würde Vicente seinen Schmerz teilen wollen, um ihn zu lindern, nie würde er wollen, dass seine Familie in der sinnlosen Grausamkeit der Erinnerung lebte.

Vicente war ein etablierter Mann: vierzig Jahre alt, verheiratet, zwei Töchter und ein Sohn, Freunde, ein gut gehendes Geschäft, eine Stadt, die ihm nicht mehr fremd war. Er war ein Mann wie viele andere gewesen, froh und unfroh, erfolgreich und glücklos, lebhaft, müde, anwesend, abwesend, oft sorglos, manchmal leidenschaftlich, selten gleichgültig. Er war ein Mann unter vielen gewesen, und plötzlich, ohne dass dort, wo er sich befand, etwas vorgefallen wäre, ohne dass sich in seinem Alltag etwas verändert hätte, war auf einmal alles anders. Jetzt war er ein Flüchtiger, ein Verräter. Ein Feigling. Derjenige, der nicht da war, wo er hätte sein sollen, der geflohen war und noch lebte, während die Seinen umkamen. Von diesem Augenblick an zog er es vor, wie ein Gespenst zu leben, schweigend und einsam.

Im Sommer 1945 willigte Vicente ein, mit seinen Kindern wieder nach Mar del Plata zu fahren, wohin Rositas Eltern sie eingeladen hatten. Er versuchte, am Strand das Glück der Kinder zu teilen. Er versuchte, sich vom Kasino fernzuhalten, seinen Schwiegereltern ein bisschen Dankbarkeit zu zeigen. Und er versuchte, noch immer ohne ein einziges Wort, seine Frau, die im vierten Monat schwanger war, ein bisschen Zärtlichkeit spüren zu lassen.

Dann kehrte er mit seiner Familie nach Buenos Aires zurück. Einmal mehr nahm das Leben seinen Gang. Vicente arbeitete erneut, und die Kinder gingen wieder in die Schule. Nur Rosita setzte nicht, wie beschlossen, ihr Pharmaziestudium fort. Im März 1944, Juan José ging inzwischen in die Grundschule, war das Leben zu Hause schon so kompliziert und Vicente schon so mit den Kindern überfordert, dass sie ihre Pläne auf das folgende Jahr verschoben hatte. Doch im folgenden Jahr war sie schwanger geworden. Der Traum von einem Studium war in einer Schublade geblieben, für immer.

Kurz nach dem Schulbeginn, am 27. März 1945, erklärte Argentinien, so lächerlich es auch schien, Deutschland den Krieg. Vicente glich in nichts mehr dem jungen Dandy von einst. Er war geschwächt, hatte fast alle Haare verloren und schien schwer an seinem kahlen Schädel zu tragen. Seine Augen, die einmal grün gewesen waren, hatten die Farbe gewechselt, waren nun wässrig und grau. Innerhalb von vier Jahren war aus dem liebenswerten jungen Vicente ein gebeugter Familienvater geworden. Sammy und Ariel sagten nichts. Doch wenn sie unter sich waren, fragten sie sich oft, wie Vicente in kaum vier Jahren um so viele Jahre hatte altern können. Das hinderte sie nicht daran, ihren Freund zu lieben, wie sie ihn immer geliebt hatten. Erneut trafen sie sich abends zu dritt im Tortoni, und sie gingen ab und zu gemeinsam auf die Rennbahn, wo sich das Glück rasch wenden konnte. Sammy und Ariel vermieden es allerdings, Vicente zum Poker zu begleiten, wo es ihm systematisch gelang, alles, was er zuvor gewonnen hatte, wieder zu verspielen.

Am Abend des 8. Mai 1945, es regnete über Buenos Aires, und die Kinder waren schon im Bett, wurde die Radiotheater-Sendung, die Rosita in der Küche hörte, durch die Meldung unterbrochen, dass soeben der Waffenstillstand unterzeichnet worden sei. Ercilia war zehn Jahre alt, Martha acht, Juan José sieben. Rosita war im achten Monat schwanger. Seit Wochen sprach Vicente mit niemandem mehr. Weder mit Sammy noch mit Ariel noch mit seiner Frau noch mit seinen Kindern.

Vicente, der so tat, als würde er auf dem Sofa im Wohnzimmer ein Buch lesen, bekam die Neuigkeit mit. Er wartete, bis das Programm nach der Eilmeldung weiterlief, legte sein Buch hin und stand auf. Er ging in die Küche, trat zu seiner Frau und legte ihr sanft die Hand auf den Bauch.

»Mi Rusita …«

Erstaunt über diese Worte, die ersten ihres Mannes seit Monaten, schaute Rosita Vicente lange schweigend an.

»Ja, mein Liebling?«

»Wenn es ein Mädchen ist, wird es Victoire heißen.«

Rosita legte ihre Hand auf Vicentes und stimmte mit Tränen in den Augen zu.

Victoire wurde am 17. Juni 1945 geboren.

EPILOG

1945.

Siebzehn Jahre später wurde Ercilia schwanger, und ich wurde geboren. Martha wurde meine Tante, Juanjo mein Onkel – und meine Großeltern waren Vicente und Rosita.

Victoire wurde meine jüngste Tante, der ich sechs Jahre später, sie lebte inzwischen in London, meinen ersten Brief schreiben sollte.

Ich weiß nicht, wann genau Vicente erfahren hat, dass seine Mutter nach Treblinka II deportiert worden war, dieses Lager, in dem nie von Arbeit die Rede gewesen, in dem niemand an Müdigkeit, Erschöpfung oder Hunger gestorben war. Dieses Lager, das effizienteste von allen, eine unerbittliche Maschine zur möglichst raschen Tötung möglichst vieler Häftlinge – dieses Lager, in dem es den Nazis gelungen war, in einem Jahr fast eine Million Menschen zu vernichten. Doch ich weiß, *dass* er es erfahren hat. Auch, dass die Nazis Berls fünfjährigen Sohn geschnappt und nach

Auschwitz deportiert hatten. Dass sein Bruder und dessen Frau trotz ihres Schmerzes bis zum Aufstand des Ghettos, an dem sie beteiligt gewesen und nach dem sie umgekommen waren, weitergearbeitet hatten.

»Ich habe Deinen Brief mit dem Foto von Rosita und dem Baby bekommen und mich sehr darüber gefreut. Ich bin so froh über Dein Glück und über Eure Liebe und über Eure wunderhübsche kleine Tochter.« »Ich habe Dir lange nicht mehr geschrieben. Ich war krank, so krank, dass ich das Gedächtnis verloren habe und nicht mehr schreiben konnte.« »Könntest Du mir bitte, wenn möglich, ein Paket mit warmer Kleidung schicken, Wollpullover, Strümpfe, Handschuhe, breite Schuhe in Größe 37, mit flachen Absätzen. Bei uns nichts Neues. Wir sind gesund. Das Leben ist beschwerlich. Der Tod ist überall.«

Ich habe viele Briefe aus der Feder von Gustawa Goldwag, meiner Urgroßmutter, gelesen, sie aber natürlich nicht gekannt. 1997, bei meiner ersten und einzigen Besichtigung der Touristenruinen in Auschwitz, habe ich ein Gedicht für sie geschrieben. Ein Gedicht, das nicht viel taugt.

Ich kann auch nicht behaupten, dass ich Vicente und Rosita gut gekannt hätte: Mein Großvater ist im August 1969 gestorben, als ich sieben war. Meine Großmutter im März 1980, als ich achtzehn war.

Ich weiß nicht, ob Vicente vor seinem Tod begriffen hat, dass Schweigen keine Lösung war. Ich weiß nicht, was er wirklich über die Shoah dachte, dieses Ereignis, das erst gar keinen Namen und später zu viele hatte. Ich weiß nicht, ob er darüber nachgedacht hat, wie sehr die Bezeichnung Shoah zum Ausdruck bringt, dass nie etwas Vergleichbares geschehen ist oder geschehen wird, dass es sich um ein unvergleichliches Ereignis von unübertroffener Tragweite handelt – um etwas Undenkbares. Ich weiß nicht, ob er, erschöpft von seinem eigenen Schweigen, so wie ich heute, darüber nachgedacht hat, dass wir, wollen wir an dem sprachlichen Mordversuch der Nazis nicht mitschuldig sein, dieses Undenkbare sogar unbedingt denken müssen.

Adorno hat gesagt, es sei *barbarisch*, nach Auschwitz ein Gedicht zu schreiben – bevor er diese Behauptung revidierte und weiterschrieb. Hat die Shoah etwas Endgültiges? Ich finde es schwer, irgendetwas als endgültig anzusehen. Lieber glaube ich mit Pythagoras, mit Borges an eine zyklische Wiederkehr der Dinge. Der Antisemitismus hat meine Vorfahren aus Europa vertrieben. Die lateinamerikanischen Diktaturen haben meine Eltern und mich aus Argentinien, später aus Uruguay vertrieben, zurück nach Europa. Ich musste mein Land, meine Muttersprache und meine Freunde verlassen. Wie mein Großvater habe ich Verrat begangen: Ich war nicht da, wo ich hätte sein sollen. Aber ich beklage mich nicht. Das war mein Leben. Das einzige, das ich gelebt habe. Und es gefällt mir, dass diese Flucht auch eine Rückkehr war. Ich habe Dinge wiedergefunden, die meinen Großeltern vertraut waren, und andere, die sie nicht kannten. Ich habe gelernt, wie weit die Welt ist und wie zahlreich die Sprachen sind. Ich habe ein bisschen Spanisch vergessen und Französisch gelernt. Und auch wenn ich nie sonderlich an Frankreich gehangen habe, will ich nicht lügen: Ich schreibe gern auf Französisch.

Marthas ältester Sohn, Martin Caparros, in der Familie immer nur Mopi genannt, hat ein paar Jahre vor mir über das Leben unseres Großvaters Vicente Rosenberg berichtet und Folgendes geschrieben: *Die Shoah gehört zu unserer allgemeinen Geschichte. Sie definiert in unerträglicher Weise die Vorstellung des Menschlichen. Jahrelang habe ich diese Geschichte nur aus der Ferne gekannt: Ich habe Filme und Fotos gesehen, Studien und Berichte gelesen, ich war erschüttert, habe mir Fragen ohne Antworten gestellt. Später habe ich verstanden, dass meine Urgroßmutter dort umgekommen und diese Geschichte auch meine war: die Geschichte meines Bluts.*

Treiben in dieser Flüssigkeit, die uns am Leben hält

oder tötet, tatsächlich Geschichten, die sich mit Worten sagen lassen? Beim Schreiben habe ich oft betont, ich würde nur schreiben, um meine Vergangenheit zu überleben. Ich habe oft geschrieben, das Vergessen sei wichtiger als die Erinnerung. Wie Pasolini habe ich oft gedacht, dass derjenige, der vergisst, glücklicher lebt als der, der sich erinnert. Doch heute, da es Abend wird über Paris, da die Sonne das Abendrot mit dem gleichen Blut, mit dem gleichen Honig färbt wie siebzig Jahre zuvor in Buenos Aires, da sie, erschöpft davon, einen weiteren Tag dieser immer noch menschlichen und immer noch barbarischen Wesen erleuchtet zu haben, ihre letzten Strahlen durch die Fenster meines Arbeitszimmers schickt, möchte ich, der ich weder der Erinnerung noch dem Blut je zugetan war, Mopi Recht geben. Ich möchte mir vorstellen, dass in seinen und in meinen Adern das gleiche Blut fließt; auch in denen meines Bruders, meiner anderen Cousins, Gonzalo und Miguel, die mir wie Brüder sind, und in denen meiner Cousinen, Lila, Manuela und Natascha, die ich liebe und mit denen ich groß geworden bin. Und auch in den Adern von Ariel, Juanjos Sohn, den ich aus den Augen verloren habe. Während ich älter werde, möchte ich mir vorstellen, dass etwas von meiner Vergangenheit in mir weiterlebt – so wie, hoffentlich, etwas von mir in meinen Kindern weiterleben wird.

Ich möchte mir vorstellen, dass Vicente und Rosita in mir weiterleben, sogar dann noch, wenn ich nicht mehr bin, dass sie in der Erinnerung meiner Kinder leben, die sie nie gekannt haben – und in diesen von Mopi ermutigten Worten.

Literatur

Günther Anders: *Wir Eichmannsöhne. Offener Brief an Klaus Eichmann*, München 2002.

Ingeborg Fleischhauer: *Das Dritte Reich und die Deutschen in der Sowjetunion*, Stuttgart 1983.

Saul Friedländer: *Das Dritte Reich und die Juden. Die Jahre der Verfolgung 1933–1939, die Jahre der Vernichtung 1939–1945*, aus dem Englischen von Martin Pfeiffer, München 1998.

Raul Hilberg: *Die Vernichtung der europäischen Juden: die Gesamtgeschichte des Holocaust*, übersetzt von Christian Seeger u. a., Berlin 1982.

Kriegstagebuch des Oberkommandos der Wehrmacht (Wehrmachtführungsstab) Band I: 1. August 1940–31. Dezember 1941, zusammengestellt und erläutert von Hans-Adolf Jacobsen, Frankfurt am Main 1965.

Primo Levi: *Ist das ein Mensch? Die Atempause*, München 2016.

Kazimierz Moczarski: *Gespräche mit dem Henker. Das Leben des SS-Gruppenführers und Generalleutnants der Polizei Jürgen Stroop, aufgezeichnet im Mokotów-Gefängnis zu Warschau*, Frankfurt am Main 1982.

Horacio Quiroga: *La abeja haragana*, in: *Cuentos de la selva*, Buenos Aires 1918.